Arena-Taschenbuch
Band 50759

Ebenfalls von Jakob M. Leonhardt im Arena Verlag erschienen:
Chaos ist das halbe Leben.
Ein verkanntes Genie auf der Überholspur

Erst der Spaß, dann das Vergnügen.
Geniale Chaoten bringt nichts auf die Palme

Morgen, Leute, wird's was geben
Ein genialer Chaot feiert Weihnachten

Henry Vegas. Auf Klassenfahrt durch die Galaxie
Henry Vegas. Gefangen auf dem Spaßplaneten

Alle Titel sind auch als Hörbuch erhältlich.

Jakob Musashi Leonhardt,
geboren 1975, ist ein Weltenbummler und in Tokio genauso zu Hause wie in Hamburg. Er hat einige Romane für junge Leser veröffentlicht und ist zudem als Musiker und Sounddesigner tätig. Zu seinen Leidenschaften zählt das Tauchen, japanischer Sencha-Tee sowie die Musik von Coldplay. Mehr zum Autor unter www.jakob-leonhardt.de

Jakob Musashi Leonhardt

Das Beste vom genialen Chaoten

Zwei haarsträubende Bücher
in einem Band

Mit Illustrationen
von Fréderic Bertrand

Arena

1. Auflage als Limitierte Sonerausgabe im Arena-Taschenbuch 2015

Einband- und Innenillustrationen: Fréderic Bertrand
Covergestaltung: Frauke Schneider
Umschlagtypografie: KCS GmbH · Verlagsservice & Medienproduktion, Stelle/Hamburg
Sondergestaltung: komm Design/achkomm.com/Würzburg
Gesamtherstellung: Westermann Druck Zwickau GmbH
ISSN 0518-4002
ISBN 978-3-401-50759-0

www.arena-verlag.de
Mitreden unter forum.arena-verlag.de

Knapp vorbei ist auch daneben

Ein genialer Chaot packt aus

MISTER
FELIX
ROHRBACH
VOL
0
10
XXL
DG
BRAND
SAME
SAME
XXXL

1.

Es ist der letzte Abend der großen Ferien. Morgen geht die Schule wieder los und damit die endlose Quälerei eines neuen Schuljahrs. Mein bester Freund Musti und ich hocken schon seit Stunden in der hinteren Ecke von diesem verwilderten Baugrundstück, wo wir uns immer treffen, wenn es etwas Wichtiges zu besprechen gibt. Und heute gibt es definitiv etwas zu besprechen.

Wir brauchen einen Plan – und zwar einen, der verhindert, dass unser freies Leben ab morgen wieder in einen Stundenplan gezwängt wird.

Einen Plan, der uns außerdem und ganz nebenbei die Bewunderung unserer Mitschüler einbringen soll.

Das Problem ist bloß, dass wir bisher nicht einmal den Hauch einer Idee haben. Das muss sich ändern. Und zwar möglichst schnell!

Normalerweise ist auf Musti in solchen Situationen immer Verlass. Eigentlich heißt er Mustafa und hält sich selbst für so eine Art Gangsta-Rapper, in der Art von Ice-T oder Snoop Dogg. Obwohl er eher aussieht wie Israel Kamakawiwo'ole. Ihr wisst schon, dieser dicke Hawaiianer. Wenn Musti redet, sagt er ständig *Yo,*

Mann oder *Ey, Dude*. Dazu macht er seltsame Bewegungen mit den Händen und spreizt dabei die Finger ab. Seine größte Sorge ist seine Street-Credibility, worüber man sich eigentlich nur kaputtlachen kann. Mustis Vater hat nämlich eine große Firma, seine Mutter ist Lehrerin und die Familie wohnt in einer Villa. Mit der *Street* hat Musti also eher weniger zu tun.

Aber er ist wirklich ein Supertyp, auf den man sich immer zu hundert Prozent verlassen kann.

Plötzlich spüre ich, wie eine geniale Idee anfängt, sich durch meine Gehirnwindungen zu wälzen. Ich werfe Musti einen Blick zu, grinse und sage: »Halt dich fest. Ich weiß jetzt, was wir machen. Und ich kann dir sagen, es wird absolut gigantisch werden.«

Musti sieht mich eher skeptisch an und sagt: »Abu! Lass hören, Digger.«

»Ganz einfach: Wir brechen heute Nacht in die Schule ein und veranstalten das größte Chaos, das die Menschheit je gesehen hat. Etwas, das mit irdischen Dingen nicht zu erklären ist. Die Schule wird nach unserem Coup aussehen, als sei eine Horde durchgeknallter Geister und Dämonen durch die Räume gezogen und hätte in der Schulmensa eine Party gefeiert.«

»Yo, Mann. Klingt super«, antwortet Musti und hört sich dabei ungefähr so begeistert an, als hätte ich ihm vorgeschlagen, Enten füttern zu gehen.

»Mann, Musti. Sei nicht so lahm. Wenn wir das durchziehen, ist morgen früh die Hölle los. Die Hälfte der Leute wird vor Angst kreischend davonlaufen und glauben,

dass hier so etwas wie schwarze Magie am Werke war. Und die andere Hälfte wird der Rektor dann auch nach Hause schicken müssen. Mit anderen Worten: Der Unterricht fällt aus und die Ferien gehen erst einmal weiter. Das ist doch genial.«

»Yo, Mann. Sag ich dir, was passieren wird, Alter. Schiefgehen wird dein Plan und dann wir stecken mal wieder bis zum Hals in der Scheiße, Mann. Das wird passieren, Digger.«

»Stöhn und Doppelstöhn! Heißt das, du kneifst?!«

»Quatsch, Alter. Bin dabei, ist doch klar. Ich mein ja bloß.«

Cool wäre es natürlich, in eine Zoohandlung einzubrechen, alles an Gifttieren mitgehen zu lassen, was vorrätig ist, und die netten Viecher in der Schule auszusetzen. Man könnte zum Beispiel ein paar Skorpione auf dem Klo verstecken, Taranteln in der Pausenhalle verteilen und eine Anakonda auf der Tafel platzieren.

2.

Wir legen also los. Gegen Mitternacht schleichen wir uns so vorsichtig und lautlos wie nur möglich durchs Schultor und auf den Hof. Inzwischen haben wir uns umgezogen und sehen aus wie zwei Ninjas, die gerade von ihrem japanischen Daimyo-Fürsten damit beauftragt worden sind, den Tenno zu killen: von Kopf bis Fuß in Schwarz und dazu zwei blickdichte Masken. Fehlen eigentlich nur noch die Schwerter auf dem Rücken. Stattdessen haben wir dort jeder einen prall gefüllten Rucksack hängen.

Allerdings sieht Musti nicht wirklich wie ein Ninja aus. Eher wie ein Sumoringer. Also immerhin auch irgendwie japanisch. Aber null gefährlich.

Und genau das könnte zum Problem werden.

Musti ist wie gesagt genauso alt wie ich, nämlich fünfzehn. Aber er wiegt mindestens so viel wie zwei Fünfzehnjährige. Wie viel genau, weiß ich nicht, deshalb flüstere ich ihm zu: »Ey, Musti. Warte mal.«

»Wasnlos, Alter?«, zischt er zurück.

»Wie viel wiegst du?«

»Weiß nicht, Digger. Die Waage geht immer kaputt, wenn ich draufsteige.«

»Jetzt sag.«

»Fünfzig.«

»Tonnen? Red kein Quatsch. Du wiegst niemals fünfzig.«

»Mal zwei. Oder so.«

»Staun und Doppelstaun! Das darf ja wohl nicht wahr sein! Aber egal, wir müssen den Plan ändern«, flüstere ich.

»Wieso?«

Ich zeige ihm das Seil mit der Ankerkralle. Eigentlich war der Plan, die Kralle zum Dach hochzuschleudern, oben in der Regenrinne einzuhaken und uns daran hochzuziehen. Dann wollten wir im ersten Stock ein Fenster aufhebeln und dort in einen Klassenraum einsteigen.

Aber das wird wohl nichts, wie mir jetzt klar geworden ist. Das Seil kann Mustis Gewicht unmöglich halten. Kein Seil kann das.

»Yo, Mann, kein Problem«, sagt er gut gelaunt. »Lass uns einfach nach Hause gehen, was essen und Sache vergessen, weissu?!«

»Bekommst du jetzt doch kalte Füße oder was?«

»Nee. Ja. Weiß nicht. Kann sein.«

»Verstehe«, sage ich und grinse. »Also?!«

»Uns wird schon was einfallen, wie wir in die verdammte Schule reinkommen.«

»So kenne ich dich«, sage ich und halte die Hand hoch. Musti grinst und klatscht ab.

3.

Wir setzen uns auf den Bürgersteig, um uns erst mal zu beraten. Musti zieht aus seinem Rucksack eine Tüte mit Schokoriegeln und fängt sofort an zu mampfen. Dazu schiebt er alle paar Sekunden seine schwarze Maske nach oben, um von dem Riegel abzubeißen. Genialer Gangster, echt ey. Vermutlich wird er auch noch eine gut sichtbare Spur aus Schokoriegelverpackungen hinter sich lassen, die von der Schule direkt zu seiner Haustür führt.

Eigentlich können wir nach der Aktion auch direkt zur Polizei gehen und uns selbst anzeigen. Dann würden wir auf der Stelle verhaftet werden. Aber nicht wegen der Schulaktion, sondern wegen krimineller Blödheit.

»Kannst du nicht EINMAL aufhören zu essen?«, schnauze ich ihn an. Musti hat Appetit wie eine Büffelherde oder ein Heuschreckenschwarm. Wo er war, ist nur noch Wüste. Das gilt vor allem für kalte Buffets, Kioske und Supermärkte.

»Mann, Alter. Hörssu auf, auf mir rumzuhacken!«

»Nur wenn du aufhörst zu essen.«

Nachdenklich starrt Musti vor sich hin und murmelt dann mit mindestens drei Schokoriegeln im Mund: »Ach nee, Digger, dann hackssu lieber weiter auf mir rum.«

Wir werfen uns einen Blick zu und müssen beide losprusten. Das ist immer so bei uns. Ständig streiten wir uns wegen allem Möglichen. Aber schon zwei Minuten später lachen wir uns schlapp darüber. Echte Freunde halt. »Das Beste, wo gibt, Alter« – wie Musti sagen würde.

Checkliste, um einen echten Freund zu erkennen:

Er unterstützt dich bei den verrücktesten Ideen, obwohl er sie für die verrücktesten Ideen hält.

☐ JA ☐ NEIN

Er kennt genau wie du alle Stammspieler der NBA.

☐ JA ☐ NEIN

Er teilt seine Gratis-Gutscheine für McDonald's mit dir.

☐ JA ☐ NEIN

Er schreibt die Hausaufgaben von dir ab, obwohl er weiß, dass du noch schlechter in Mathe bist als er.

☐ JA ☐ NEIN

Er ist derjenige, der dir sagt, wenn du mal wieder totalen Mist baust, obwohl er weiß, dass du deshalb sauer auf ihn sein wirst.

☐ JA ☐ NEIN

4.

Wenig später haben wir es geschafft und laufen den langen Flur im A-Trakt entlang. Es ging viel einfacher, in die Schule einzubrechen, als wir dachten. Grins und Doppelgrins. Zum Glück ist uns nämlich eingefallen, dass die hintere Kellertür nie abgeschlossen ist. Unser Hausmeister, Herr Kosniack, hat ein Gedächtnis wie ein alzheimerkranker, gehirnamputierter 100-Jähriger. Sein Job ist in erster Linie, morgens die Türen auf- und abends wieder zuzuschließen. Aber genau das vergisst er meistens.

Nur damit ihr mich jetzt nicht falsch versteht: Wir mögen Herrn Kosniack. Er kommt aus Kasachstan und tut uns oft ziemlich leid, weil seine Frau Olga ihn ständig fertigmacht. Vor Olga kann man übrigens echt Angst kriegen. Vor einem halben Jahr hat sie ein paar Schüler dabei erwischt, wie sie ein paar Basketbälle aus der Turnhalle mitgehen ließen. Olga hat sich einen Baseballschläger geschnappt und sie dreimal um das ganze Schulgebäude gejagt, bis ihr irgendwann die Puste ausging. Dann hat sie nur noch geflucht. Aber auf Russisch – niemand hat auch nur ein Wort verstanden. Aber das war vielleicht auch besser so. Zumindest hat sie uns nicht beim Rektor verpetzt.

5.

Inzwischen ist es fast ein Uhr morgens. Im Schein unserer Taschenlampen machen wir uns an die Arbeit. Als Erstes vertauschen wir die Nummern an den Klassenräumen und schieben Stühle und Tische so chaotisch wie nur möglich durcheinander oder türmen sie zu seltsamen Pyramiden aufeinander. Dann hängen wir die Türen aus, drehen Schränke auf den Kopf und ersetzen normale Glühbirnen durch Schwarzlichtstrahler.

Ganz zum Schluss kommt das Tollste, worauf ich mich schon die ganze Zeit gefreut habe: Ich packe mein umfangreiches Sortiment an Spraydosen aus und beginne, Tafeln, Flurwände, Decken, den Fußboden der Turnhalle und die Eingangstür der Aula zu verzieren. Nach kurzer Zeit sind überall grellbunte Tags, Paints und Slogans verteilt.

Normalerweise verziere ich auf diese Art Betonwände, U-Bahn-Waggons oder alte Lagerschuppen. Die Schule zu sprayen, ist aber natürlich noch dreimal besser!

Nach drei Stunden sind wir immer noch nicht mit der Aktion fertig. Das liegt unter anderem daran, dass Musti zwischendurch ständig aufs Klo rennt. Als er schon wieder in Richtung Toilette verschwinden will, schnauze ich ihn entnervt an: »Verdammt, Musti! Wir wollen die Schule umdekorieren und du musst schon wieder kacken. Das kann doch nicht wahr sein.«

»Doch, Digger, glaub schon.«

»Du *glaubst* schon?!«

»Yepp. Kann auch sein, dass es nur ein Furz ist. Bin mir nicht ganz sicher, Alter.«

»Du bist echt nicht zum Ninja geboren.«

»Hab ich das behauptet, Alter? Nein, hab ich nicht.«

Während Musti auf dem dunklen Schulklo sitzt und Geräusche produziert, die an eine gewaltige Gewitterfront erinnern, hocke ich im Flur auf dem Boden. Eine kleine Pause ist auch nicht so schlecht.

Ich frage mich, ob diese Aktion wirklich so genial ist, wie ich zuerst dachte. Könnte gut sein, dass Musti mit seinen Bedenken nicht so unrecht hatte. Eins kann ich nämlich wirklich gut: verrückte Ideen haben und dadurch in Schwierigkeiten geraten. Ich warte sozusagen nur darauf, dass es endlich mal eine Castingshow mit dem Titel *Deutschland sucht den Super-Chaoten* gibt. Weil ich da garantiert gewinnen würde.

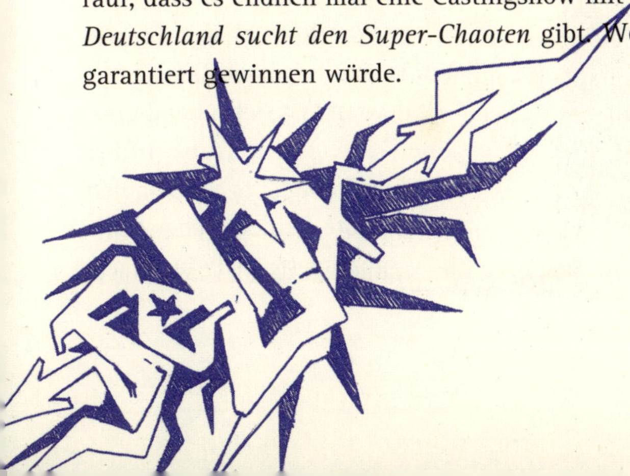

6.

Jetzt sollte ich wahrscheinlich endlich mal ein paar Sachen zu mir sagen. Damit ihr auch kapiert, was bei mir so abgeht.

Am besten ich fange mit dem Schlimmsten an, meinen Eltern. Die sind … schwierig. Wie Eltern halt meistens so sind. Nur noch ein bisschen schwieriger.

Mein Dad zum Beispiel sammelt nicht etwa Briefmarken, Modellautos oder antike Landkarten, er sammelt *Macken*.

Wenn er zum Beispiel behauptet, joggen zu gehen, sitzt er in Wahrheit in der Garage und raucht heimlich Zigarren.

Und wenn er sich abends mit seinen Freunden von früher trifft, schmuggelt er heimlich eine alte, mit Sprüchen vollgekritzelte Lederjacke aus dem Haus und zieht sie erst an, wenn er glaubt, wir sehen ihn nicht mehr.

Im Urlaub geht er manchmal windsurfen und zieht dann einen uralten Neoprenanzug an, in dem er aussieht wie ein schwangerer Seehund.

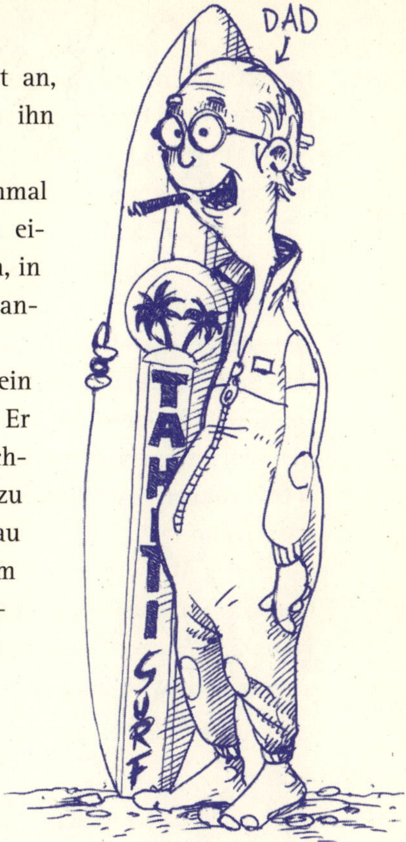

Aber mein Dad hat auch ein paar ganz positive Seiten. Er ist Architekt und ist auf Hochhäuser spezialisiert. Ab und zu nimmt er mich mit auf den Bau und dann balancieren wir im 19. Stockwerk auf schwankenden Stahlträgern herum und spucken in die Tiefe. Meine Mom darf das allerdings nicht wissen (also nicht das mit dem Spucken, sondern das mit den Stahlträgern).

Meine Mutter ist ganz in Ordnung. Also abgesehen davon, dass sie einen Putztick, einen Sporttick und einen Kosmetiktick hat. Ein perfekter Tag sieht bei ihr so aus, dass sie morgens um sechs Uhr aufsteht und erst einmal das ganze Haus staubsaugt – auch die Zimmer, in denen die anderen Familienmitglieder noch friedlich schlafen. Dann geht sie joggen und im Gegensatz zu meinem Dad geht sie wirklich joggen.

Sie ist Rechtsanwältin, und zwar eine sehr erfolgreiche.

Das ist gut für die Familienkasse und schlecht für mich, weil sie mich regelmäßig einem Kreuzverhör unterzieht. Sie ertappt mich bei jeder Lüge. Aber wenn es hart auf hart kommt, kann ich mich immer auf sie verlassen.

Zu meiner Familie gehört außerdem noch meine jüngere Schwester Jenni, die sich aber schon seit dem Kindergarten so benimmt, als wäre sie meine ältere Schwester. Das bedeutet, sie ist der Meinung, mich erziehen zu müssen. Ihre Stimme klingt dabei wie das Gekläffe von so einem nervigen Schoßhündchen. Darum nenne ich sie meistens auch nicht Jenni, sondern Jack Russell. Sie hasst es und ich liebe es.

Oben im Haus wohnt mein Opa Hans-Jürgen, der Dad von meiner Mom. Viel bekommen wir nicht von ihm mit. Opa verbringt sein komplettes Leben auf dem Sofa. Wahrscheinlich ist er mittlerweile mit dem Polster zusammengewachsen. Einmal hat mein Opa als Abo-Prämie für eine Zeitschrift einen iPod bekommen. Leider wusste Opa nicht, was ein iPod ist. Er hat das Gerät für einen Rasierer gehalten und dann weggeworfen (weil er ja nicht funktioniert hat, der Rasierer).

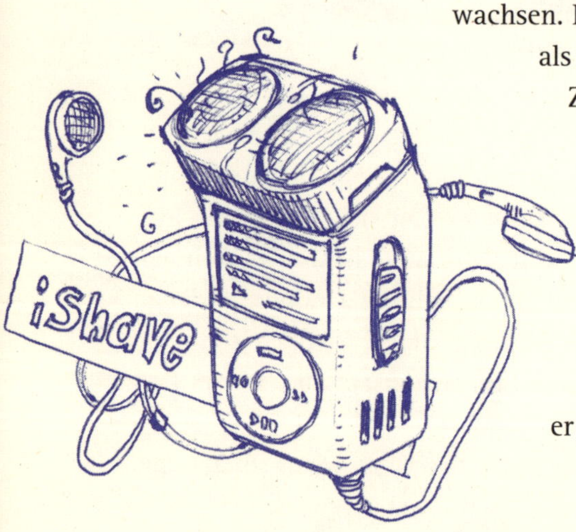

Ich erzähle das alles nur, damit ihr kapiert, wer ich eigentlich bin, nämlich jemand, der gelernt hat, sich gegen Widerstände durchzusetzen. Ich bin eine Kämpfernatur. Jemand, der lieber etwas Verrücktes macht als gar nichts.

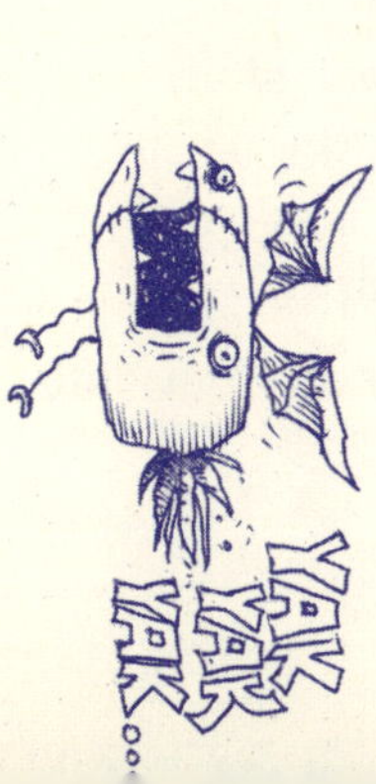

7.

Am nächsten Morgen werde ich schon sehr früh wach. Gähn und Doppelgähn. Ich öffne die Augen und sofort sind alle Erinnerungen an die letzte Nacht wieder da. Und die große Frage: Wird unser Plan klappen? Und was wird danach passieren? Vor allem, wenn es nicht klappt, was ist dann? Bricht dann die Hölle los?

Ich wälze mich aus dem Bett, obwohl mein Wecker noch nicht geklingelt hat, und schlurfe ins Bad. Dort betrachte ich mit grimmigem Gesicht die drei neuen Pickel, die über Nacht auf meiner Stirn gewachsen sind.

Es sind nicht diese kleinen roten Flecken, die jucken und aussehen, als hätte man Schimmelpilze im Gesicht. Meine Pickel gehören zu der Gattung der Riesen-Vulkane, fast einen halben Zentimeter hoch und mit einem fetten weißen Krater in der Mitte. Ich muss sie eigentlich nur scharf angucken und schon platzen sie auf und spritzen eine

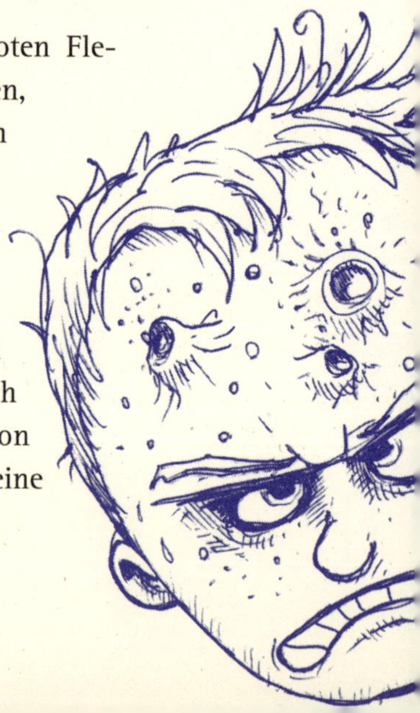

volle Ladung Eiter gegen den Badezimmerspiegel. Leider sieht man danach nicht wirklich besser aus als vorher.

Als ich mich nach dem Duschen in meinem Zimmer anziehe, geht drüben im Badezimmer das Geschrei los. Jack Russell ist aufgestanden und hat die Schweinerei entdeckt, die meine Pickelaktion am Spiegel hinterlassen hat. Quetsch und Doppelquetsch.

Wütend stampft sie durch den Flur und reißt meine Zimmertür auf. »Mann, Felix, du bist so was von ekelhaft. Ich könnte kotzen«, schreit sie.

»Mach doch!«

Jack stemmt die Hände in die Hüften, funkelt mich giftig an und keift: »Weißt du eigentlich, warum dich alle so abstoßend finden? Vor allem die Mädchen? Soll ich's dir sagen? Weil du ein Nerd bist. Ein verrücktes Ekel, das nur Müll im Kopf hat. Denk mal drüber nach.«

»Wie soll Müll denken?«

»Hä?«

»Vergiss es.«

Sie zischt noch irgendetwas Unfreundliches durch die Zähne und verschwindet dann wieder im Badezimmer.

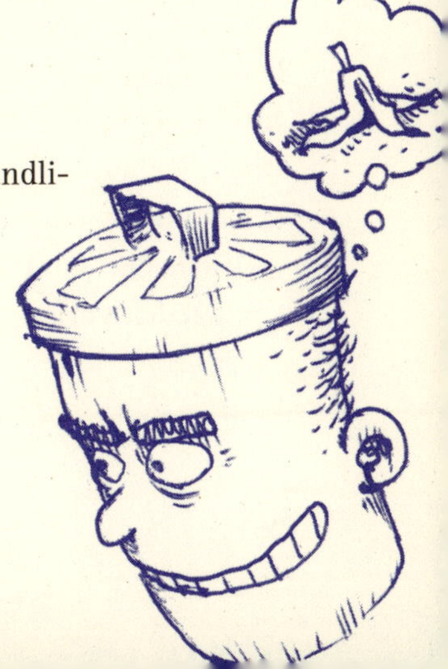

8.

Als Jack Russell und ich kurz danach am Frühstückstisch sitzen, mustert sie mich misstrauisch und fragt: »Warum bist du heute eigentlich so früh aufgestanden?«

»Weil wir Schule haben?!«

»Ja und? Deswegen stehst du doch sonst auch nicht auf. Kommst schließlich jeden Tag zu spät.«

»Im neuen Schuljahr wird so einiges anders werden. Ich habe Pläne.«

»Du hast Pläne?! Na, klar. Du hast Mist gebaut, das sieht man doch auf zehn Meter Entfernung.«

»Ach, halt die Klappe, Jack.«

Mom, die mit uns am Tisch sitzt, lässt die Zeitung sinken, fixiert mich mit ihrem *Boston-Legal*-Blick und sagt: »Sprich nicht so mit deiner Schwester.«

»Ich glaube nicht, dass sie meine Schwester ist.«

»Und ich habe ernsthafte Zweifel, dass du mein Sohn bist. Jedenfalls weiß ich nicht, woher du dieses schlechte Benehmen hast.«

»Vielleicht von Papa?!«, schlage ich vor.

Sie grinst. »Ja, das könnte sein.«

In diesem Augenblick kommt mein Vater in die Küche und fragt: »Redet ihr etwa über mich?!«

Meine Mutter sieht uns verschwörerisch an und sagt: »Wir haben nur gerade festgestellt, dass du und Felix einige verblüffende Ähnlichkeiten aufweist.«

»Logisch! Er ist genau wie ich ein netter, sympathischer und vielversprechender Kerl.«

»Ganz so haben wir das eigentlich nicht gemeint«, sagt Jenni schnippisch.

Ich strecke Jenni die Zunge raus und sie zeigt mir den Finger. Das ist unsere Art zu zeigen, dass wir uns eigentlich doch mögen. Wir fangen an zu lachen und unsere Eltern verstehen gar nichts. Ein ganz normaler Morgen in einer netten kleinen Durchschnittsfamilie.

9.

Schon um halb acht treffe ich mich mit Musti an der großen Kreuzung vor der Schule. Er grinst von einem Ohr zum anderen und sagt: »Yo, Digger. Make my day, Dude. Das wird fett, Alter.«

»Aber so was von«, stimme ich begeistert zu.

»Wir werden berühmt.«

»Doppelberühmt.«

Unser Rektor heißt Manfred Gerolnick, aber wir nennen ihn Toaster-Manni. Auf seinem Schreibtisch

steht ein Toaster, in dem er sich sein Frühstücksbrot röstet. Er tanzt in unbeobachteten Momenten im Büro zu Musik von U2 und sitzt an heißen Sommertagen in Boxershorts am Schreibtisch. Trotzdem mögen wir ihn. Er ist in Ordnung.

Toaster-Manni kommt morgens immer als Erster. Er ist *Farmerama*-Freak und versorgt vor Schulbeginn mindestens eine Stunde lang seine ganzen Felder und Ländereien im Internet.

Ich zücke mein Handy und wähle die Nummer der Schule. Erst nach dem zehnten Klingeln geht Toaster-Manni dran. Ich melde mich mit verstellter Stimme und künstlichem Akzent, ungefähr so, wie Musti immer spricht: »Hörssu, Direktor? Binisch tote Geist von Osama bin Laden. Binisch brutalst mögliche Geister-Terrorist von ganze Welt. Binisch heute Nacht in deine Schule gewesen und habisch alles mit schwarze Magie böse Zauber verflucht gemacht. Gibssu heute alle Schüler frei, weil sonst Geister machen böse Dinge mit Schüler. Hassu verstanden, Direktor?!«

Ich höre ein Räuspern am anderen Ende der Leitung und Toaster-Manni sagt: »Das ist ja furchtbar, Herr Geist.

Allerdings müssen Sie mir eine Sache erklären. Warum haben Sie sich ausgerechnet eine Schule ausgesucht?«

Musti und ich wechseln einen überraschten Blick. Toaster-Manni ist echt nicht blöd. Verdammt. Ich kratze mich am Kopf und denke angestrengt nach. Dann sage ich: »Hassu recht, Rektor. Binisch Erklärung schuldig. Kommt so, dass ich habe gekriegt Brief von deine Schüler. Haben misch gebeten, zu machen verflucht deine Schule, schwöre isch bei Allah.«

»Bei wem?«

»Allah! Weissu, ist Bruder von Gott oder so. Iss Onkel von Jesus. Kannssu glauben besser.«

»Ja, klar, Felix. Aber soll ich dir mal was sagen? Ich finde die Sache wirklich nicht witzig«, antwortet Toaster-Manni.

Mist und Doppelmist! Hat Toaster-Manni gerade Felix gesagt? Woher weiß er, dass ich das bin?

Schwitz und Doppelschwitz.

»Was redssu da, Direktor?! Binisch nisch Felix. Kenne isch nisch, diese Felix, hörssu?! Wer soll sein, diese Felix? Binisch toter Geist von Osama. Habisch Schule verflucht. Kannssu sehen, wenn du gehst gucken, verstehssu?!«

»Ach, weißt du, Felix. Wenn man anonyme Anrufe macht, sollte man vorher seine Handynummer unterdrücken. Erst recht, wenn die in

meinem Telefon eingespeichert ist und ich auf dem Display klar und deutlich deinen Namen lesen kann. Im Übrigen möchte ich, dass du nun pünktlich zum Unterricht gehst. Dieser Streich wird ein Nachspiel haben, Felix. Du hörst von mir.«

Toaster-Manni legt auf. Ich beiße mir auf die Unterlippe und starre Musti an. »Shit und Doppelshit. Wir haben's verkackt«, sage ich.

»Yo, Mann. Aber auf ganzer Linie, Alter«, sagt Musti.

10.

In ziemlich mieser Stimmung gehen Musti und ich zur ersten Stunde. Unser toller Plan ist total nach hinten losgegangen. Anstatt den ganzen Tag freizubekommen, müssen wir normal zum Unterricht. Da hätten wir uns unsere nächtliche Aktion auch sparen können!

Das heißt, so ganz umsonst war die Sache dann doch nicht. Unser nächtlicher Besuch ist nämlich Thema Nummer eins auf dem Schulhof und in allen Klassen.

Seltsamerweise scheint jedem sofort klar zu sein, dass ich hinter dieser Sache stecke. Ich habe wohl doch einen ziemlich eindeutigen Ruf, der mir immer vorauseilt. Aber so ernte ich wenigstens auf dem Schulhof ein paar anerkennende Blicke, Schulterklopfer und verschwörerische Grinser.

Und darum ging es ja. Unter anderem.

Musti wird übrigens von niemandem beachtet. Obwohl er ja eigentlich nicht zu übersehen ist. Aber er scheint ein Talent zu haben, immer wieder unsichtbar zu werden. Ist eigentlich ein ziemliches Glück für ihn. Dadurch bekommt er zwar keine Anerkennung. Aber auch keinen Ärger.

Allerdings sind nicht alle unsere Mitschüler begeistert. Einige sind sogar ziemlich angenervt. Als Allererstes Robert Maschmann. Zu dem muss ich sowieso noch was sagen. Robert Maschmann nervt, und zwar so gewaltig wie Krätze, Flöhe, Läuse und Fußwarzen zusammen. Warum? Er verbringt den größten Teil seines Lebens damit, an seinem Äußeren herumzupolieren, und dabei macht er vor nichts halt: Cremes, Salben, Kuren, Deos, Rasierwasser, Haargel, Sprays. Ich vermute, dass er mindestens einmal pro Woche mit einem Lkw vor dem Drogeriemarkt vorfährt, um sich mit neuen Mittelchen einzudecken. Robert kommt so zur Schule, wie andere Leute auf ein Galadiner gehen. Topgestylt und wie aus dem Ei gepellt.

Es wird euch daher nicht wundern, wenn ich euch verrate, dass Robert und ich uns nicht besonders leiden können.

Als er mich an diesem Morgen entdeckt, bekommt Robert einen Gesichtsausdruck wie ein Raumfahrer in einem Science-Fiction-Film, der auf einem fremden Planeten auf ein riesiges Insekten-Schleim-Monster trifft. Er sagt: »Wen wolltest du mit dieser Aktion beeindrucken, Felix? Dich selbst oder einen deiner komischen Freunde? Oder etwa irgendwelche Mädels?«, fragt er.

Zum Glück weiß ich, wie ich mit Robert fertig werde. Ich sehe ihn besorgt an und frage: »Sag mal, Robert. Bekommst du etwa einen Pickel auf der Stirn?«

Roberts Augen weiten sich, als hätte ich ihm mitgeteilt, dass sein Elternhaus abge-

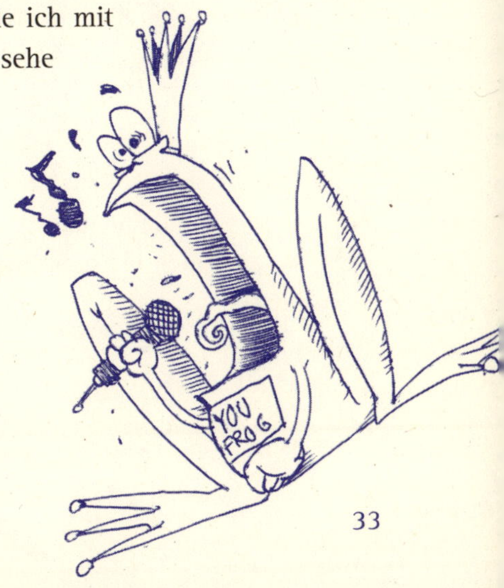

ROBERT
CARE
DEO
100

brannt, sein Sparkonto eingefroren, seine Katze an Herzverfettung gestorben sei und sein Lieblingshemd einen Ketchup-Fleck hätte. Ein Pickel ist für Robert ein Grund, Selbstmord zu begehen.

»Du verarschst mich doch, Rohrbach«, sagt er.

»Würde ich bei so einem ernsten Thema wie Pickel niemals tun, Robert«, antworte ich.

»Yo, Mann. Felix hat voll recht, Rob. Hast nicht einfach nur ’nen Pickel auf Stirn, is voll die fetteste Eiter-Riesenwarze. Voll der fette Oschi von Megapickel, ich schwör’s«, fügt Musti hinzu, der sich gerade zu uns gesellt hat.

Völlig panisch rennt Robert Maschmann davon, als wäre plötzlich Feueralarm ausgebrochen. Für die nächste halbe Stunde wird er im Klo vor dem Spiegel stehen und seine Gesichtshaut einem Intensiv-Scan unterziehen. Den bin ich also erst mal los.

Meine anderen Probleme allerdings nicht!

11.

Mit zwei Stunden Verspätung beginnt der normale Unterricht. Als Erstes haben wir ausgerechnet Englisch bei Ms Ironfist. Sie heißt eigentlich Frau Schuster, hat ihren Spitznamen aber nicht ohne Grund. Die Frau ist so humorvoll wie ein Marmeladenbrötchen. Das führt dazu, dass man sie am liebsten den ganzen Tag ärgern möchte.

Natürlich wurde Ms Ironfist bereits eingeweiht, wer für das große Chaos verantwortlich ist.

Als ich den Klassenraum betrete, sieht sie mich mit ihrem Killerblick an und sagt: »Ah, da ist ja der kleine Felix bin Laden. Du verrückter Westentaschen-Terrorist. Diesmal bist du eindeutig zu weit gegangen, mein Lieber. Aber das wirst du schon noch selber merken ...« Ms Ironfist stößt ein seltsam gackerndes Lachen aus, bei dem sich mir die Nackenhaare aufstellen.

Ihre Worte können eigentlich nur eins bedeuten – sie werden mich von der Schule schmeißen. Hochkant. Mit Düsenantrieb. Und ohne Rückfahrkarte. Schluck und Doppelschluck!

Natürlich haben Musti und ich letzte Nacht auch über diesen möglichen Ausgang der ganzen Aktion gesprochen. Aber da war es uns noch egal. Im Gegenteil sogar, wir fanden die Vorstellung geradezu verlockend. Schließlich gibt es genug große Vorbilder, die ebenfalls von der Schule geflogen sind und aus denen trotzdem was geworden ist. Shaquille O'Neal zum Beispiel. Hat der Abitur? Kann der überhaupt lesen und schreiben? Oder Jay-Z? Oder Eminem? Mark Wahlberg? Homer Simpson? Hellboy? Lucas Podolski? Menderes Bagci? Krass, wir müssten ja geradezu darum bitten, dass man uns feuert!

Jetzt allerdings, da das Ganze Realität zu werden droht, fühlt es sich nicht mehr ganz so lässig an. Im Gegenteil. Wenn ich ehrlich bin, geht mir gerade der Arsch ziemlich auf Grundeis ...

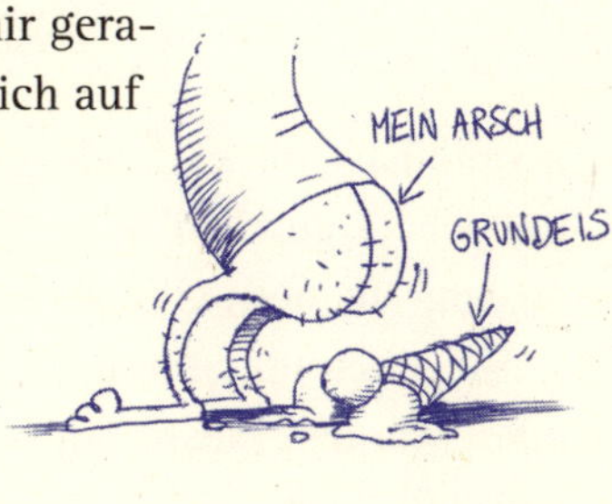

12.

Langsam kehrt in die Klasse etwas Ruhe ein und Ms Ironfist fängt mit dem Unterricht an. Ich will gerade schon den Kopf aufs Pult legen, um einzuschlafen – wie immer im Englischunterricht –, als plötzlich ein Klopfen zu hören ist und die Tür zum Klassenzimmer geöffnet wird. Das kann nur Toaster-Manni sein, der hereinkommt, um mich zum Verhör in sein Zimmer zu schleppen.

Aber es ist nicht unser Rektor, der in der Tür steht. Es ist auch nicht die Polizei, die CIA oder ein Sonderkommando der Navy Seals, das hereinstürmt, um mich zu verhaften.

Es ist: ein Engel.

Es ist das schönste, umwerfendste, atemberaubendste Mädchen, das ich je gesehen habe. Staun und Doppelstaun. Sie kommt in den Klassenraum geschwebt und sagt mit einer hauchzarten Stimme: »Guten Morgen, Frau Schuster. Guten Morgen, Klasse. Ich bin Charleen. Ich bin eure neue Mitschülerin.«

»Guten Tag, Charleen. Schön, dich bei uns zu haben.

Komm rein und such dir einen Platz. Wir beginnen gleich mit dem Unterricht«, sagt Ms Ironfist.

Charleen sieht sich suchend im Klassenzimmer um. Alle Jungs starren sie aus großen Augen an und lächeln dabei wie ein Haufen Schwachsinniger. Einigen tropft sogar die Spucke aus dem Mund.

Dann fällt Charleens suchender Blick auf… auf… auf… den einzigen leeren Platz im Raum. Und der ist ganz zufällig: NEBEN MIR.

Jauchz und Doppeljauchz!

Charleen nickt zufrieden und setzt sich in Bewegung. Gar kein Zweifel, sie will sich wirklich neben mich setzen. Das darf einfach nicht wahr sein. Ich muss träumen!

Oh Gott, bitte, lass diesen Traum wahr werden! Lass sie sich neben mich setzen!

Charleen schreitet an den Reihen der Pulte vorbei wie ein Supermodel auf dem Catwalk. Reihenweise fallen die Jungs in Ohnmacht. Oliver Karske, in der dritten Reihe, verdreht so sehr den Hals nach ihr, dass er vom Stuhl fällt. Ahmed Kasan bekommt Schaum vor dem Mund und fängt an zu zucken wie ein Epileptiker.

Sogar Robert Maschmann (der schon mit mehr Mäd-

chen im Bett war als Hugh Hefner, behauptet er jedenfalls) ist fasziniert wie ein Kaninchen von der Schlange ...

Dann hat sie meinen Tisch erreicht. Sie steht direkt vor mir. Unsere Blicke treffen sich. Ich sehe ihren Mund wie in einer Super-Makroaufnahme. Ihre Lippen öffnen sich und sie fährt sich mit ihrer schinkenfarbenen, zarten Zunge über die Lippen. Mit einer sahneweichen Stimme fragt sie: »Wie heißt du?«

»F...«

»Wie bitte?«

»Ffffff....«

Ich kann nicht mehr reden. Es ist zum Wahnsinnigwerden. Das schönste Mädchen der Welt steht vor mir und fragt mich nach meinem Namen. Und ich röchele herum, als hätte ich einen fetten Knebel im Mund.

»Ich habe dich immer noch nicht verstanden«, sagt Charleen lächelnd.

»F... Fe... Felix!«, bringe ich endlich heraus.

»Schön, dich kennenzulernen, Felix. Ist der Platz neben dir noch frei?«

Ich gebe ein Geräusch von mir, das man mit viel gutem Willen als *Ja* durchgehen lassen kann. (Habe ich schon erwähnt, dass ich gegenüber Mädchen leider total schüchtern bin? Ausgerechnet ich, der sonst immer einen frechen Spruch auf Lager hat, bin wie ausgewechselt, sobald ein hübsches Girl vor mir steht. Dann fange ich an, zu schwitzen und zu stottern. Mein IQ sinkt in den einstelligen Bereich. Es ist ein wahrer Fluch, gegen den es einfach kein Mittel zu geben scheint!)

Charleen lässt sich auf den Stuhl neben mir fallen, zieht die Nase kraus und fragt: »Ist alles in Ordnung mit dir, Felix?! Du siehst irgendwie komisch aus. Und du… transpirierst.«

Tatsache! An meinem T-Shirt bilden sich riesige dunkle Schweißflecken, und zwar mit einer Geschwindigkeit, als würde ein Tsunami unter meinen Achseln toben! Oh Gott, was soll ich nur tun?!

Wieder kann ich nur mit Mühe antworten. Meine Stimme klingt wie die eines Androiden, dessen Kommunikations-Relais einen Wackelkontakt hat: »Jaja. Schon, schon. Doch, doch. Irgendwie. Alles in Ordnung, Charleen. Willst du mich heiraten?«

»Wie bitte?«

»Ni... ni... nichts.« Oh, Gott, habe ich das mit dem Heiraten etwa wirklich laut gesagt?!

Gerade will ich ansetzen, um dieses voll peinliche Fettnäpfchen wieder aus dem Weg zu räumen und etwas Nettes zu Charleen zu sagen, als mit einem lauten *Rummmms* die Tür zum Klassenzimmer aufgerissen wird. Frau von Tannenbrück, unsere Schulsekretärin, stampft mit schweren Schritten herein, die das ganze Gebäude erschüttern. Breitbeinig baut sie sich vor der Klasse auf und lässt ihren Blick kreisen wie den Suchscheinwerfer eines Polizeifahrzeugs. Als sie mich entdeckt hat, geht es los. Frau von T. schreit mit der Lautstärke eines Sergeants der US-Armee: »Rohrbach! Aufstehen! Jacke anziehen! Mitkommen! Sofort!«

»Aber ich...«, stammle ich leise.

»Klappe halten! Dr. Gerolnick will dich sehen! Also ZACKZACK!«

Ich werfe Charleen einen hilflosen Blick zu. Aber die ist immer noch damit beschäftigt, verwundert den Kopf über mich zu schütteln. Wird sie noch auf diesem Platz sitzen, wenn ich zurück in die

Klasse komme? Komme ich überhaupt jemals zurück in diese Klasse? Und wenn ja, wird sie dann nicht längst von den anderen erfahren haben, dass ich der größte Chaot der ganzen Schule bin? Ein Typ, mit dem ein Supermädchen wie sie sowieso nie ein Wort wechseln würde?!

13.

Als ich kurz darauf das Rektorenzimmer betrete, sieht Toaster-Manni mir stumm entgegen. Dann weist er mit der Hand auf den Stuhl vor seinem Schreibtisch. Zögernd setze ich mich. Er sagt weiterhin nichts – bis auf ein leises, seltsames Mantra: »Flixflixflix.«

Pause. Stille. Atmen.

Dann wieder: »Flixflixflix.«

Erst nach der dritten Wiederholung kapiere ich, dass er meinen Namen murmelt: »Felixfelixfelix ...«

Was soll ich darauf antworten? Vielleicht *Mannimannimanni?!* Oder *Toastertoastertoaster?!*

Irgendwann hebe ich den Blick und wage es, Toaster-Manni ins Gesicht zu sehen. Zu meiner Überraschung entdecke ich darin keinen Ärger, sondern ein verhaltenes Lächeln. Ich bekomme einen Kloß im Hals und sage leise: »War keine gute Idee, die Aktion, oder, Herr Gerolnick?«

»Nein, war es nicht.«

»Es tut mir leid.«

Er schüttelt den Kopf. »Flixlfixflix.«

Ich will etwas sagen, aber Toaster-Manni hebt die Hand. »Ich befürchte, diesmal bist du zu weit gegangen, Felix. Diesmal kommst du nicht ungeschoren davon.«

Ich nicke niedergeschlagen. Das kann eigentlich nur eins bedeuten. Ich werde von der Schule fliegen. Ein One-Way-Ticket ins Nirwana, ohne Wendemöglichkeit.

»Ob dir jemand bei der Sache geholfen hat, muss ich dich wohl gar nicht erst fragen, oder?!«, erkundigt er sich.

»Nein«, sage ich.

»Das ist zwar anständig von dir, macht es aber leider nicht besser.«

Es folgen weitere Schweigesekunden. Dann räuspert sich Toaster-Manni und sagt: »Was du gemacht hast, war kein schlechter Scherz, sondern eine Straftat. Und jetzt sag mir bitte nicht, dass du stolz darauf bist.«

»Na ja, also wenn Sie mich so fragen ...«

»Felix! Bitte!«

Seine Stimme ist jetzt todernst. Verdammt, warum kann ich bloß immer in den entscheidenden Moment meine Klappe nicht halten? Vielleicht sollte ich mir einfach die Ober- und die Unterlippe komplett mit magnetischen Piercings verzieren lassen – so stark, dass ich meine Lippen gar nicht auseinanderkriegen könnte, selbst wenn ich wollte.

Andererseits würde das auch bedeuten, dass ich dann nicht mehr mit IHR reden könnte. Mit Charleen. Überhaupt Charleen. An die habe ich in den letzten Minuten überhaupt nicht mehr gedacht ... Tatsache ist aber, dass sie bei allem, was hier gerade passiert, eine ziemlich wichtige Rolle spielt.

Auf einmal wäre es nämlich noch aus ganz anderen Gründen eine echte Katastrophe, von der Schule zu fliegen. Dann könnte ich nicht mehr neben ihr sitzen (okay, vermutlich wird sie sich sowieso längst weggesetzt haben). Aber ich könnte auch nicht im selben Klassenzimmer, im selben Schulgebäude oder auf dem selben Schulhof wie sie sein! Ich würde sie möglicherweise nie mehr wiedersehen, und das würde mich umbringen! Sie ist es nämlich. Sie ist das Mädchen, auf das ich mein ganzes Leben lang gewartet habe. Wir sind füreinander bestimmt. Das ist so sicher wie die Tatsache, dass die Erde keine Scheibe, sondern ein Ei ist. Oder war es umgekehrt?!

Love und Doppellove!

Ich setze einen Blick auf wie ein Dackel, der in eine Metzgerei kommt und sich als ganz normaler Kunde tarnt: voller Unschuld, treudoof und total ergeben. »Werden Sie mich von der Schule werfen, Herr Professor Dr. Dr. Dr. von und zu Gerolnick? Kann ich nichts mehr tun, um diesem Schicksal, das mich zweifellos in ein Leben voll Armut und Arbeitslosigkeit treiben wird, zu entkommen?!«

Toaster-Manni lächelt leicht gequält. »Spar dir deine Witzchen, Felix. Dafür ist die Situation wirklich zu ernst. Aber du wirst dich wundern – ich werde dich nämlich tatsächlich nicht von der Schule werfen. Jedenfalls NOCH nicht. Du bekommst von mir so etwas wie eine letzte Chance, einen Joker. Ich möchte dich morgen früh, pünktlich um acht, hier in meinem Büro wiedersehen. Also in etwa 24 Stunden. Geh jetzt nach Hause und nutze die Zeit. Denk drüber nach, was du von der Zukunft erwartest. Aber vergiss nicht, dass du nicht oft im Leben so eine zweite Chance bekommen wirst. Wirf sie also nicht einfach weg.«

»Danke, Toaster-Manni. Das ist schwer in Ordnung von Ihnen«, sage ich. Dann stehe ich auf, gehe zur Tür und verlasse den Raum.

14.

Die nächtliche Aktion hat mir also immerhin einen schulfreien Tag verschafft. Fühlt sich zwar nicht so toll an, wie ich es mir mit Musti ausgemalt hatte, aber immerhin.

Zuerst streife ich eine Weile durch die Straßen und versuche, das zu tun, was Toaster-Manni von mir verlangt hat. Ich denke darüber nach, was ich eigentlich will. Schließlich muss ich morgen einen guten Spruch auf Lager haben, um ihn zu versöhnen.

Grübel und Doppelgrübel.

Ich stelle ziemlich schnell fest, dass es gar nicht so einfach ist, über sein Leben nachzudenken. Ich bin nun mal ein Anhänger der Chaos-Theorie, und die besagt, dass sich Dinge nie vorhersagen lassen, weil sie einfach zu komplex sind. Der Flügelschlag eines Schmetterlings kann einen tropischen Wirbelsturm auslösen und damit den Lauf der Welt verändern. Wie soll ich mir da sinnvoll Gedanken über meine Zukunft machen? Vielleicht werde ich in drei Sekunden von den he-

rabstürzenden Trümmern eines ausgedienten Satelliten erschlagen. Oder aber irgendjemand hält mich auf der Straße an und fährt mich mit seiner Stretch-Limousine in eine noble Anwaltskanzlei. Dort wird mir eröffnet, dass ich der verschollene Sohn und Alleinerbe von Bill Gates bin. All das ist möglich. Und darum wäre es verrückt, wenn ich mich jetzt schon auf etwas ganz anderes festlege und damit dem Schicksal die Chance nehme, seine eigenen Pläne zu verwirklichen!

Die Grübelei macht mich fertig. Ich muss meine grauen Zellen mit Koffein dopen, darum steuere ich einen Starbucks-Laden an. Ich schmeiße mich in einen bequemen Polstersessel, schlürfe einen Iced Flavored Latte und schaue aus dem Fenster hinaus auf die Straße.

Ich muss unbedingt mit jemandem über die ganze Sache quatschen. Aber die anderen hocken alle noch in der Schule. Nichts zu machen. Ich bin allein. Und das nervt.

Dann muss ich an heute Morgen denken. Ich habe mich gegenüber Charleen wie der letzte Vollidiot verhalten! *Willst du mich heiraten?* Hilfe, wie peinlich war das denn?! Schäm und Doppelschäm.

Dabei war das nicht einmal das Schlimmste. Noch katastrophaler war der letzte Augenblick, als ich hinter Frau von T. den Klassenraum verließ und aus dem Augen-

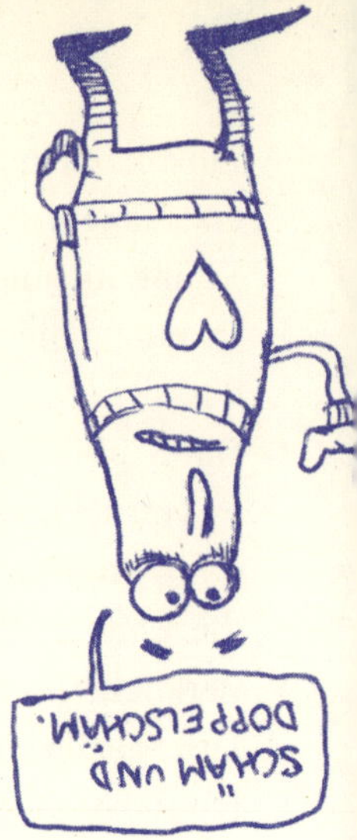

winkel mit ansehen musste, was Robert Maschmann, diese gelackte Schaufensterpuppe, für eine Show abgezogen hat. Er hat seinen Sitznachbarn, den kleinen Mario Kapielski, mit einem Fußtritt von seinem Stuhl katapultiert, Charleen angelächelt und gesäuselt: »Neben mir ist auch noch ein Platz frei, Charleen. Setz dich doch neben mich.« Dann sah er zu mir und formte mit dem Mund lautlose Worte: »Sie gehört mir, Rohrbach. Ich werde schneller mit ihr zusammen sein, als du deinen Namen sagen kannst. Weil ich ein Winner bin und du ein Loser.«

Mir wird im Nachhinein noch schlecht, wenn ich daran denke. Vielleicht sollte ich lieber ein paar Sachen packen, einfach abhauen und den Rest meines Lebens als Tramp verbringen. Ich würde durch die Rocky Mountains wandern, in Australien Kängurus zählen und in Japan an den Pachinko-Weltmeisterschaften teilnehmen. Und vielleicht lerne ich irgendwann wieder ein Mädchen kennen, das mich so fasziniert wie Charleen. Vielleicht … Seufz und Doppelseufz und Dreifachseufz!

Buddha hat gesagt: »Alles Leben ist Leiden.« Wie soll man sich da auf die Zukunft freuen.

15.

Als ich am Nachmittag nach Hause komme, sind Mom und Dad noch nicht da. Normalerweise würde ich das jetzt nutzen, um erst mal sämtliche Vorräte an Nutella, Froot Loops und Scheibletten-Käse zu vernichten. Dann würde ich ins Internet gehen und Online-Pokern, dabei gleichzeitig Fernsehen gucken, Musik hören, Chips essen und mit ein paar Freunden telefonieren. Multimedia halt.

Aber heute kann mich nichts davon wirklich begeistern. Grunz und Doppelgrunz.

Schließlich gehe ich hoch zu Opa Hans-Jürgen. Der sitzt – na, wo wohl? – auf seinem Sofa und guckt Fernsehen.

Als ich mich neben ihn setze, wirft Opa mir nur einen missmutigen Blick zu und murmelt etwas Unverständliches. Das heißt, es ist natürlich nur für Leute unverständlich, die meinen Opa nicht kennen. Ich dagegen bin durch jahrelange Übung in der Lage, die Laute, die er von sich gibt, ins Deutsche zu übersetzen.

»Wawiuhi?«, fragt er mich (Was willst du hier?).

»Nix. Wollte dich besuchen. Wir können doch zusammen fernsehen«, erkläre ich.

»Munischu?« (Musst du nicht in die Schule?)

»Nein.«

»Oeiaermachnlä.« (In Ordnung, aber mach keinen Lärm.)

Diejenigen von euch, die denken, dass mein Opa eine Art Geheimsprache spricht, die er zum Beispiel während des Weltkriegs oder so gelernt hat, täuschen sich. Er hat einfach nur sein Gebiss rausgenommen. Es liegt vor uns auf dem Tisch in einem Wasserglas. Ich stelle mir vor, was wohl passiert, wenn ich ein paar Brotkrümel oder Fischfutter in das Glas streuen würde? Ob die Zähne dann anfangen würden zu kauen? Und ob Opa davon satt werden würde?

16.

Der einzige vernünftige Mensch, mit dem ich jetzt reden kann, ist meine Schwester. Also gehe ich runter und klopfe an Jack Russells Zimmertür (was ich normalerweise nie tue – wer klopft schon bei seiner jüngeren Schwester an, bevor er ihr Zimmer betritt?!).

»Egal, was du willst, Felix. Meine Antwort lautet Nein«, schreit sie durch die geschlossene Tür.

»Ich will mit dir reden«, sage ich und öffne die Tür.

»Nein.«

»Es ist wichtig.«

»Nein.«

»Es ist wirklich SEHR WICHTIG.«

Sie stutzt, sieht mich das erste Mal wirklich an und fragt: »Das ist doch irgendein Trick, oder?!«

»Nein«.

Obwohl Jenni und ich normalerweise ein Verhältnis zueinander haben wie Count Dooku und Meister Yoda in *Star Wars*, sind wir in wirklich ernsten Situationen trotzdem immer füreinander da. Jetzt hat sie endlich kapiert, dass es sich gerade um genau so eine Situation handelt.

Ich lasse mich auf ihr Bett plumpsen und sage: »Ich hab Mist gebaut, Schwesterherz. Ich brauche deinen Rat.«

»Geh erst mal von mir runter, Idiot.«

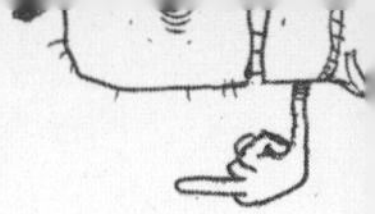

Ups! Ich habe mich genau auf sie draufgeschmissen. War ein Reflex. Sonst mache ich das auch immer. Ich rücke ein Stück zur Seite und sage: »Tut mir leid.«

»Wow! Du entschuldigst dich. Dann muss es wirklich ernst sein.«

»Ist es. Hör zu…«

Ich erzähle ihr die ganze Story von Anfang an. Sie hört mir zu, kann sich aber das Grinsen zwischendurch nicht verkneifen. »Dafür werden Mom und Dad dich schlachten, Felix.«

»Ich weiß. Hilfst du mir?!«

»Was bekomme ich denn dafür?«

»Willst du mich erpressen?!«

»Klar. Habe ich von dir gelernt.«

»Okay, ich übernehme in den nächsten vier Wochen Staubsaugen und Spülmaschineausräumen.«

»In den nächsten sechs Wochen!«

»Du bist brutal.«

»Dann lass es. Deine Entscheidung.«

»Okay, sechs Wochen. Deal?«

»Deal«, sagt sie und schlägt ein. Ich fühle mich erleichtert. Gegen meine Eltern ist sie schon immer eine gute Verbündete gewesen.

17.

Am frühen Abend kommen Mom und Dad nach Hause. Sie ziehen unten an der Garderobe ihre Jacken aus und dann macht Dad seine übliche pseudowitzige Abenddurchsage: »Hallo, Kinder. Wir sind's, eure Lieblings-Eltern. Wir sind wieder da! Kommt her und begrüüüüüßt uns!«

Früher, als Jenni und ich klein waren, sind wir jedes Mal juchzend nach unten gerannt und wie kleine Schimpansen um Mom und Dad herumgehüpft.

Jetzt findet das keiner mehr wirklich witzig. Und unsere Eltern sind die albernen Schimpansen.

Darum rufe ich nach unten: »Schön, dass ihr den Weg

gefunden habt. Ein paar Jahre noch und ihr werdet dank Alzheimer die Adresse vergessen haben.«

Ich habe schlechte Laune. Verständlich, oder? Groll und Doppelgroll!

Beim Abendbrot gebe ich mir die größte Mühe, ganz normal zu wirken. Aber das stellt sich natürlich schnell als Fehler raus – ich wirke schließlich nie normal. Mom und Dad ahnen also sofort, dass irgendetwas im Busch ist.

Entsprechend fällt das Tischgespräch aus:

Dad: »Wieso guckst du so komisch, Felix? Ist was passiert?«

Ich: »Nein, wie kommst du darauf?«

Mom: »Ich finde auch, dass du dich komisch verhältst, Felix. Vielleicht wirst du krank?!«

Ich: »Ja, ich glaube, ich kriege Dengue-Fieber. Oder Ebola. Oder Choleratyphusvogelgrippenhusten. Ihr solltet Abstand von mir halten.«

Dad: »Jetzt sag schon, was du angestellt hast. Wir kriegen es früher oder später sowieso raus.«

Ich: »Okay, okay. Aber könnten wir eine Art Kronzeugen-Regelung vereinbaren? Ich beichte alles und ihr versprecht mir, mich nicht zu bestrafen?«

Mom: »So weit kommt's noch.«

Ich: »Okay, ist ja gut. Also, es ist folgendermaßen …«

Nach meiner Beichte sind Mom und Dad fassungslos. »Ich komme aufs Internat, stimmt's?!«, frage ich. Das haben sie mir nämlich schon früher angedroht.

»Nein …«

»Ihr gebt mich zur Adoption frei.«

Dad lacht. »So ein Quatsch. Natürlich nicht.«

»Okay, dann bekomme ich zehn Jahre Hausarrest und muss außerdem jeden Tag stundenlang für die Schule lernen, im Haushalt helfen, mein Zimmer aufräumen, den Hund dressieren, Jack Russell nicht mehr ärgern und …«

»Halt endlich die Klappe, Felix«, fährt meine Mutter mich an. Dann seufzt sie und fährt fort. »Alles, was du erwartest, ist falsch. Ich denke, dass wir dich gar nicht bestrafen werden. Es ist nicht nötig.«

»Was?! Ihr … wollt … nichts … unternehmen«, stammle ich ungläubig.

Mein Dad lächelt matt und sagt: »Wir haben den Eindruck, dass du schon von alleine verstanden hast, dass du einen Fehler gemacht hast.«

Und Mom schiebt hinterher: »Wir wünschen uns nur, dass du die richtigen Lehren daraus ziehst.«

Träume ich vielleicht? Kann man so viel Glück haben? Oder ist das Ganze doch nur ein mieser Trick? Ungläubig sehe ich meine Eltern an. Es ist das reinste Wunder. Keine Verbannung, kein Hausarrest, keine Strafarbeiten.

Dann sagt mein Dad: »Allerdings erwarten wir von dir, dass du morgen bei Herrn Gerolnick die richtigen Worte findest. Es ist sehr anständig von ihm, dass er dir diese zweite Chance geben will. Also, versprochen?«

»Hoch und heilig«, sage ich.

18.

Nach dem Abendessen gehe ich noch einmal nach draußen. Ich schlüpfe durch das Loch im Bauzaun und krieche durchs Unterholz zu der geheimen Stelle auf dem Baugrundstück, an der ich mich immer mit Musti treffe. Hier ist störungsfreie Zone, und vor Eltern, Lehrern und anderen Parasiten hat man sein Ruhe.

Lea und Musti hocken auf zwei verrosteten Farbeimern und warten auf mich.

Lea geht auch auf unsere Schule. Sie ist oft ziemlich seltsam und ein echter Freak, was mich und Musti allerdings nicht stört, da man uns ja auch für ziemliche Freaks hält. Ihr Style ist vielleicht ein wenig gewöhnungsbedürftig. Ich würde ihn Dark-Gothic-Vampire-Zombie-Style nennen. Lea pudert sich so stark, dass ihr Gesicht weiß ist wie bei einer Geisha. Dazu malt sie sich die Augenlider dunkellila an. Das sieht ziemlich emo aus und hat den Nachteil, dass niemand weiß, ob Lea eigentlich hübsch ist oder nicht.

Lea und Musti wollen wissen, wie der Tag für mich war. Also gebe ich ihnen eine kurze Zusammenfassung

der wichtigsten Ereignisse – das Gespräch mit Toaster-Manni, das Gespräch mit meiner Schwester, das Gespräch mit meinen Eltern.

Musti zieht in der Zwischenzeit eine Tüte Weingummi aus der Hosentasche und stopft sich die Backen voll. Schließlich sagt er: »Mann, Digger. War schwer korrekt von dir, dass du mich nicht verpfiffen hast. I owe you.«

»Vergiss es. War doch selbstverständlich.«

Lea fragt: »Und? Hast du dich schon entschieden, was du machen wirst? Immerhin musst du Toaster-Manni morgen eine Ansage machen.«

»Klar, ich werde alles dafür tun, um auf der Schule bleiben zu können.«

Sie sieht mich überrascht an. »Wow! Das nenne ich einen Meinungsumschwung. Ist ja krasser als beim Klimawandel.«

»Wieso?«

»Weil du noch vor ein paar Tagen gesagt hast, dir wär's egal, wenn du fliegst. Du würdest dich sogar darüber freuen.«

»Ja, na ja, stimmt schon … also, ich dachte halt, dass ich … irgendwie … ihr wisst schon … so übel ist Schule gar nicht. Wenn man mal drüber nachdenkt …« Ich stottere herum wie ein Automotor, dem das Benzin ausgegangen ist. Lea fixiert mich aus ihren mit dunklem Kajal umrandeten Augen und ich habe das Gefühl, ihre Blicke stochern wie kleine Hände in meinen Gehirnwindungen herum ...

Auf einmal erscheint ein seltsames Lächeln auf ihrem Gesicht und sie sagt: »Es ist wegen ihr, oder?!«

»Wegen wem?!«, frage ich zurück. Flöt und Doppelflöt. Unschuldsmiene hoch zwei.

»Wegen Charleen«, sagt sie.

»Was?! Nein, Blödsinn.«

»Komm schon, Felix. Du verarschst mich nicht.«

Lea hat recht. Leugnen ist zwecklos. Sie weiß es sowieso.

Musti, der seine Weingummis inzwischen aufgegessen hat und mit einer Packung Erdnussflips weitermacht, blickt uns verständnislos an. »Abu! Was, Diggers?! Ich check's nicht. Könnt ihr mich mal aufklären, was abgeht?«

Lea löst ein paar Haarnadeln und lässt dadurch einen blickdichten Vorhang vor ihrem Gesicht herunter. Das macht sie immer, wenn sie nicht will, dass man sie ansieht. Dann sagt sie leise: »Felix ist verknallt. In die Neue. Aber immerhin will er deswegen weiter zur Schule gehen. Ist also gar nicht so verkehrt.«

»Echt?«, fragt Musti. »Deswegen willst du bleiben? Wegen der neuen Bitch?«

Ich schnalze genervt mit der Zunge. »Ja, echt«, sage ich. »Und Charleen ist keine Bitch.«

Musti zuckt nur mit den Schultern. »Ist ja krass, Digger. Muss ich dir aber leider sagen, dass du hast sowieso kei-

ne Chance bei der. Klar, oder?!«

»Danke, du Arsch. Und wieso?«, schnauze ich ihn an.

Musti zuckt mit den Schultern. »Ist halt eine Luxus-Chica, Alter. Sieht man sofort. Und du … du bist ’n Loser. Ich mein es als Kompliment, schwöre ich.«

»Ja, das macht es besser.«

Musti! Wie soll man mit einem Typen über Mädels reden, der, wenn er die Wahl zwischen Sex und einem Schokoriegel hätte, sich für den Schokoriegel entscheiden würde?!

Auch wenn ich zugeben muss, dass Musti vielleicht recht haben könnte. Ein Bilderbuch-Mädchen wie Charleen und ein Chaoten-Superhero wie ich – das kann nicht funktionieren. Da ist es schon wahrscheinlicher, dass eine Boa Constrictor und eine Urwaldbeutelratte ein Liebespaar werden.

19.

Hier ein kleiner Überblick zum Thema: Ich, Felix Rohrbach, und die Mädchen.

Meine erste Freundin hatte ich schon in der Grundschule. Sie hieß Maya und wohnte am Ende der Straße. Jeden Morgen hat sie auf mich gewartet, sodass wir zusammen zur Schule gehen konnten. Wir hielten uns auf dem Weg immer an der Hand, aber bevor wir das Schulgebäude erreichten, schüttelte ich sie ab. Es war mir peinlich.

»Magst du es nicht, wenn wir uns an der Hand halten?«, fragte sie mich.

»Doch schon. Aber es muss ja nicht jeder sehen, oder?«

»Du findet es also peinlich?!«

»Nein. Überhaupt nicht«, sagte ich. War natürlich gelogen.

Maya durchschaute mich und suchte sich einen anderen Jungen, mit dem sie händchenhaltend zur Schule gehen konnte. Als ich die beiden zusammen sah, wurde ich ziemlich eifersüchtig. Aber es war zu spät. Maya wollte nichts mehr von mir wissen. Damals war ich acht Jahre alt, und das war das erste Mal, dass ich es mir mit einem Mädchen versaut habe.

In der siebten Klasse war ich dann mit Anna-Lena zusammen. Wir konnten uns drei Stunden am Stück zun-

genküssen, ohne dass es langweilig wurde. Ich hätte mit ihr gerne noch ein paar andere Dinge ausprobiert, aber ich hatte das Gefühl, dass sie noch nicht so weit war. Also hielt ich mich zurück. Eines Tages machte sie dann Schluss mit mir und meinte: »Ich erwarte von meinem Freund Dinge, für die du offenbar noch nicht reif genug bist, Felix.«

Ich sah sie entsetzt an. »Aber das ist ein Missverständnis, Lena. Ich dachte doch die ganze Zeit, dass du …«

Aber es war schon wieder zu spät. Sie hatte sich in einen Jungen aus der Oberstufe verliebt und mit dem konnte ich wirklich nicht mithalten. Erstens machte er die Dinge mit Lena, die ich auch gerne mit ihr gemacht hätte. Und außerdem hatte er ein Auto.

Letztes Jahr war ich dann mit Carina zusammen. Ich wollte denselben Fehler, den ich bei Anna-Lena gemacht hatte, nicht wiederholen und war mutiger. Das führte dazu, dass Carina die ganze Zeit damit beschäftigt war, meine Hände aus ihrem Shirt herauszuziehen. Sie meinte: »Ich mag dich echt gerne, Felix. Aber ich bin noch nicht so weit.«

»Das ist okay. Kein Problem. Wir lassen uns Zeit.«

Zehn Minuten später fing ich wieder an, sie anzufassen, aber das war offenbar nicht genug Zeit gewesen.

Irgendwann war es dann auch mit Carina vorbei.

Danach kamen zwar noch ein paar Mädchen, aber aus irgendeinem Grund schien ich es immer falsch zu machen.

Die meisten von ihnen meinten, dass ich ihnen zu chaotisch wäre. Zu draufgängerisch. Zu crazy.

Außerdem hätte ich immer Farbe an meinen Händen, wegen meiner Kritzeleien und der nächtlichen Sprayaktionen.

Irgendwie habe ich mich dann erst mal ziemlich lange nicht mehr wirklich in ein Mädchen verliebt. Gleichzeitig entwickelte ich diesen Spleen, dass ich ständig anfange, zu stottern und zu schwitzen, wenn ich versuche, mich mit einer zu unterhalten, die ich mag. Und das macht die ganze Sache nicht gerade einfacher.

Sich in ein Mädchen verlieben, ist wie Lottospielen. Du kannst reich werden – oder frustriert.

20.

Am nächsten Morgen pünktlich um acht stehe ich im Zimmer von Toaster-Manni.

Habe mich für den Rektor extra in Schale geworfen: frisch gewaschene Hose, mein Lieblings-T-Shirt (mit Stinkefinger-Motiv), meine extra gigantischen Sneakers ohne Schnürsenkel. Mein Ich-bin-nett-fleißig-brav-Lächeln.

Er sieht mich erwartungsvoll an und sagt: »Guten Morgen, Felix. Und? Hast du darüber nachgedacht, was du mit deinem Leben anfangen willst?«

»Ja, Sir. Habe ich.«

Toaster-Manni wiehert und sagt: »Hey, wir sind nicht in einem US-Spielfilm. Nenn mich einfach Herr Gerolnick.«

»Ich habe mir gestern den ganzen Tag den Kopf zermartert, Herr Gerolnick, Sir, und bin zu folgendem Ergebnis gekommen: Ab sofort werde ich mich mächtig ins Zeug legen und pauken wie ein Verrückter. Außerdem werde ich keinen Mist mehr bauen und allen Schwierigkeiten aus dem Weg gehen. Darum bitte ich Sie auf Knien darum, mich nicht von der Schule zu werfen.«

Ich sinke vor ihm auf den Boden

und sehe ihn an wie ein armer, halb verhungerter Pestkranker im Mittelalter, der einen reichen Edelmann um eine milde Gabe anbettelt. Toaster-Manni legt seine Stirn in Falten und sagt nachdenklich: »Ich bin mir nicht sicher, ob ich dir das glauben soll, Felix. Und jetzt steh erst einmal wieder auf.«

»Nein, Herr Gerolnick, ich bleibe auf meinen Knien, bis Sie mir verzeihen und meinen Wunsch erfüllen. Ich möchte auf der Schule bleiben und ein guter Schüler werden. Das ist die Wahrheit und nichts als die Wahrheit, das schwöre ich, so wahr mir Gott helfe.«

»Amen.«

»Ja, wollte ich auch gerade sagen. Amen.«

Toaster-Manni wiehert erneut, dann sagte er: »Ich habe mir unser Gespräch ehrlich gesagt ein wenig anders vorgestellt. Ich glaube dir zwar, dass du wirklich weiter zur Schule gehen möchtest. Nur die Gründe sind mir nicht ganz klar.«

»Mir schon«, sage ich spontan, beiße mir aber im gleichen Augenblick auf die Zunge.

Der Rektor winkt ab. »Also schön. Du kannst erst einmal bleiben. Aber solltest ich in nächster Zeit mitbekommen, dass du wieder auf irgendwelchen krummen Touren unterwegs bist, war's das endgültig. Dann musst du die Schule verlassen. Haben wir uns verstanden, Felix?«

»Klar und deutlich, Sir.«

»Gut. Außerdem erwarte ich, dass du den Schaden, den du angerichtet hast, reparierst.«

»Echt?!«

»Ja, echt«, sagt Toaster-Manni und erklärt mir dann, was er von mir erwartet. Es klingt gar nicht so übel. Eher wie eine Auszeichnung als wie eine Strafe.

21.

Am Vormittag sitze ich im Erdkunde-Unterricht bei Frau Maßmann. Es geht um verschiedene Agrar-Methoden in der Dritten Welt und was sie mit der Ernährungssituation in den tropischen Ländern zu tun haben.

Das heißt, *ich glaube,* dass es darum geht. Weil ich überhaupt nicht zuhöre. Ich wüsste auch nicht, wie das gehen sollte? Schließlich ist *sie* im Raum. 

. Sie ist heute sogar noch schöner als gestern. Sie trägt ein geblümtes Sommerkleid, das ihre perfekt geformten Schultern frei lässt und einen großzügigen Blick in ihren perfekt geformten Ausschnitt zulässt. Ab und zu meldet sie sich und sagt etwas und dann habe ich das Gefühl, dass mein Hirn schmilzt und durch die Nase tropft, weil ihre Stimme so zart und melodiös ist, dass man ganz high davon wird.

Der seltsame Papierhaufen vor ihr auf dem Tisch sind übrigens die ganzen Liebesbriefe, die sie im Laufe der Stunde bekommt. Nicht nur ich und Robert Maschmann sind in Charleen verliebt, sondern auch alle anderen Jungs der Klasse.

Das kann ja heiter werden. Schnauf und Doppelschnauf!

Plötzlich reißt mich Frau Maßmanns Stimme in die Realität zurück. »Felix? Felix! Verdammt noch mal, wach gefälligst auf. Ich habe dich etwas gefragt.«

Ich reibe mir übers Gesicht, um wieder ganz wach zu werden.

»Was haben Sie denn gefragt?«, erkundige ich mich höflich. Bin ja jetzt ein Musterschüler.

»Wiederhole bitte, was ich euch in der zurückliegenden halben Stunde über Trockenreis- und Nassreis-Kulturen erzählt habe.«

»Ach so. Also ja, nun, das ist ja einfach. Also, es verhält sich folgendermaßen. Die Trockenreis-Kulturen sind vor allem durch den Anbau von Trockenreis gekennzeichnet, während die Nassreis-Kulturen in erster Linie Nassreis anbauen. Aber es gibt auch Trockenreis-Kulturen, in denen Nassreis angebaut wird, die man am besten Trocken-Nass-Reis-Kulturen nennen sollte. Umgekehrt gibt es Nassreis-Kulturen, die Trockenreis anbauen, die sogenannten Nass-Trocken-Reis-Kulturen, die man leicht mit den zuvor genannten Trocken-Nass-Reis-Kulturen verwechseln kann. Nassreis erkennt man übrigens daran, dass er nass ist, wobei man ihn natürlich auch trocknen kann, wodurch er praktisch zum Trockenreis wird, also zu Nass-Trockenreis. Wenn dieser aus den Nass-Trockenreis-Kulturen stammt, handelt es sich um Nass-Trockenreis-Nassreis, der aber trocken ist und ...«

Frau Maßmann bringt mich mit einer Handbewegung zum Schweigen. »Danke, Felix. Das war wirklich der größte Schwachsinn, den ich jemals aus dem Mund eines Schülers gehört habe. Aber das wundert mich gar nicht. Schließlich habe ich gesehen, dass du die ganze Zeit in dein Heft gekritzelt hast. Jetzt bin ich doch zu neugierig, was du eigentlich gemacht hast.«

Frau Maßmann kommt zu meinem Tisch, wirft einen

Blick in mein Heft und ihr stockt ganz offensichtlich der Atem. Dann läuft sie rot an wie eine Erdbeere mit Sonnenbrand. Hektisch blättert sie meine Heftseiten durch und sagt: »So, so, Felix. Mit so etwas vertreibst du dir also die Zeit im Unterricht. Nun, das wird deine Mitschüler sicherlich auch interessieren …«

Frau Maßmann will mein Heft in die Höhe halten, damit es alle sehen. Panisch rufe ich: »Tun Sie das bitte nicht, Frau M.«

Es ist zu spät, Frau Maßmann zeigt mein Heft herum, sodass alle sehen können, womit ich mich beschäftigt habe, während sie sich etwas über Nassreis und Trockenreis angehört haben. In diesem Moment sterbe ich.

HOT-DAMN!
CHARLY
CHARLEEN
CHARLEEN

22.

Der Rest der Stunde vergeht damit, dass ich mir total bescheuert vorkomme. Schäm und Doppelschäm. Am liebsten würde ich ein Loch graben und einfach darin verschwinden.

Das Ganze ist grenzenlos peinlich. Jetzt wissen also alle, dass ich mich in Charleen verliebt habe. Einer wie ich. In eine wie sie. Der Loser und die Göttin. Lach und Doppellach.

Sie werden sich für den Rest des Schuljahres über mich lustig machen.

Obwohl mir selbst das egal wäre. Viel schlimmer ist nur, dass Charleen sich wahrscheinlich auch über mich totlachen wird. Oder?

Vorsichtig wie ein Geheimagent im Undercover-Einsatz werfe ich einen Blick zu ihr hinüber. Aber sie sieht nur nach vorne und tut so, als wenn nichts passiert wäre. Ist das jetzt gut oder schlecht? Hasst sie mich? Oder bin ich ihr einfach nur total egal?

Hilfe und Doppelhilfe! Was mach ich denn jetzt?

Ein weiteres Problem besteht darin, dass Robert Maschmann natürlich meine Schwäche ausnutzt, um mich noch mehr fertig-

zumachen als sonst. Er sitzt genau hinter mir und zischt mir alle drei Minuten bescheuerte Sätze ins Ohr wie »Tja, Felix. Wer keine echte Freundin hat, muss sich eben eine zeichnen.«

Oder: »Ist ja wohl ein ziemlich schlechter Witz, dass ausgerechnet du dich in Charleen verliebst. Das ist ja wie bei *Das Model und der Freak*. Sei froh, dass du nach der Aktion jetzt endgültig bei ihr untendurch bist. Dann hältst du es vielleicht besser aus, wenn ich demnächst mit ihr zusammen bin.«

Ich drehe mich zu ihm um und sehe ihn aus zusammengekniffenen Augen an. »Ach ja? Das werden wir dann ja sehen.«

Er stößt ein Har-Har-Lachen aus wie ein Filmschurke in einem billigen B-Movie. »Klingt wie eine Aufforderung zum Duell, Felix. Das meinst du hoffentlich nicht ernst.«

Ich muss leider zugeben, dass ein Duell um ein Mädchen mit Robert so viel Sinn hätte, wie wenn ich gegen Usain Bolt im Hundert-Meter-Lauf antreten würde. Robert sieht einfach gut aus, vor allem, wenn er sich wie jetzt lässig durch die Haare fährt und dann seine schneeweißen Zähne aufblitzen lässt. Er ist sportlich, charmant und einfach cool. Die Mädchen stehen auf ihn.

Andererseits habe ich ja auch so einiges zu bieten: Ich bin witzig, ich

kann gut zeichnen, mit mir kann man sich gut unterhalten … okay, gut möglich, dass das ein Mädchen wie Charleen nicht wirklich beeindruckt. Weil sie nun mal auf andere Dinge steht – auf Dinge, wie sie eben Robert zu bieten hat.

Dazu kommt, dass ich mich jetzt schon zweimal vor Charleen total lächerlich gemacht habe. Das erste Mal mit dem Heiratsspruch. Und jetzt mit den Zeichnungen.

Aber soll ich deswegen aufgeben, bevor ich überhaupt angefangen habe? Niemals! Darum nicke ich Robert herausfordernd zu und sage: »Sei dir deiner Sache mal nicht zu sicher, Robert. Kann sein, dass du mehr Freundinnen gehabt hast als ich. Und überhaupt bei Mädchen besser ankommst. Aber das hier ist etwas anderes. Charleen bedeutet mir wirklich etwas. Wir werden also sehen, wen von uns beiden sie nimmt!«

»Also doch ein Duell?!«

»Wenn du es so nennen willst – ja.«

Har. Har. »Das wird dir noch leidtun, Felix.«

»Oder dir, Robert.«

23.

Endlich schrillt die Pausenklingel und die Stunde ist vorbei. Die anderen springen sofort auf und verlassen den Klassenraum. Ich bleibe in einer Art Wachkoma an meinem Platz sitzen. Habe ich mich gerade wirklich auf ein Duell mit Robert Maschmann eingelassen? Wie krank ist das denn? Und vor allem wie chancenlos?

Ein Hüsteln schreckt mich auf. Ich blicke hoch. Charleen steht vor mir. Sie lächelt. Ich lächele auch. Eine unverhoffte Chance! Die muss ich nutzen. Ich versuche, ihr tief in die Augen zu sehen, aber sie schüttelt verwundert den Kopf und sagt: »Das war gerade ganz schön peinlich für mich, Felix. Aber dennoch muss ich zugeben, dass du wirklich sehr schön zeichnen kannst. Darf ich die Bilder wenigstens behalten?«

»Natürlich. Klar. Gerne«, sage ich überrascht.

»Danke.«

Sie nimmt sich mein Heft, reißt die entsprechenden Seiten heraus und lässt sie in ihrer Schultasche verschwinden.

Dieser Blick. Diese Haltung. Diese Anmut. Ich bin hin und weg. Darum nehme ich meinen ganzen Mut zusammen und wage sozusagen ein All-in. Entweder ich gewinne die Partie oder ich bin bankrott: »Hättest du vielleicht … Lust … mit mir … etwas trinken zu gehen?!«

Charleen findet zu ihrem Zauberlächeln zurück. Sie will gerade etwas erwidern, als von der Tür her eine Stimme zu hören ist: »Du solltest deine Zeit nicht mit diesem Nerd verschwenden, Charleen. Vor allem nicht, wenn du dich auch mit mir verabreden könntest.«

Robert Maschmann. Er steht da wie ein Modell beim Fotoshooting. Elegant, gut aussehend, sportlich. Dazu grinst er so ölig, dass man Shrimps darin frittieren könnte.

Charleen nickt Robert zu. »Ist das etwa eine Einladung zu einem Date?«, fragt sie.

»Na klar. Es sei denn, du willst unbedingt mit dem da in der Schulcafeteria essen. Mit mir könntest du nämlich zum Italiener um die Ecke gehen ... auf meine Kosten natürlich.«

»Das klingt verlockend«, sagt sie.

Mir ist klar, dass ich jetzt Robert übertrumpfen und dafür sorgen muss, dass Charleen die Mittagspause nicht mit ihm, sondern mit mir verbringt. Aber wieder fühlen sich meine Lippen an, als hätte jemand Sekundenkleber draufgeschmiert. Ich bringe einfach kein Wort heraus. Aarrrgh!

Robert schlendert durch den Klassenraum und steht jetzt direkt vor Charleen. Verführerisch fährt er sich durch die Haare und sagt mit gegelter Stimme: »Ich habe immer gewusst, dass es Engel gibt. Aber jetzt habe ich zum ersten Mal einen gesehen. Hoffentlich fliegst du nicht gleich wieder weg ...«

Charleen wird rot und ich bekomme einen Hustenanfall. Hat der gerade tatsächlich so eine schmalzige Sülze von sich gegeben?! Ich könnte kotzen. Vor allem, weil es Charleen auch noch gefällt.

Aber egal, irgendetwas muss ich jetzt einfach bringen. Also atme ich innerlich einmal tief durch und sage: »Und wir, Charleen?! Ich könnte dir etwas zu trinken ausgeben!«

»Du bist süß, Felix.«
»Ich ...«

Aber da ist sie schon zur Tür hinaus. Robert steckt noch einmal den Kopf ins Zimmer, grinst und sagt: »Jetzt hast du aber ziemlich abgelost, Rohrbach. Mach dich nicht unglücklich und gib einfach auf. Ein Mädchen wie Charleen ist nicht deine Kragenweite. Sie gehört mir. Finde dich damit ab.«

24.

Der Rest des Schultags ist ein einziger Albtraum. Immer wieder hallen Charleens Worte durch meinen ansonsten hohlen Kopf. Du bist süß, Felix. Warum hat sie mir nicht gleich gesagt, dass sie mich für einen schwanzlosen Lurch hält, der vielleicht hübsch malen kann, aber als Mann ungefähr so attraktiv ist wie ein Sack Bohnen?! Süß! Das ist vernichtender als blöd, doof, hässlich, stinkend. Süß ist einfach… chancenlos.

25.

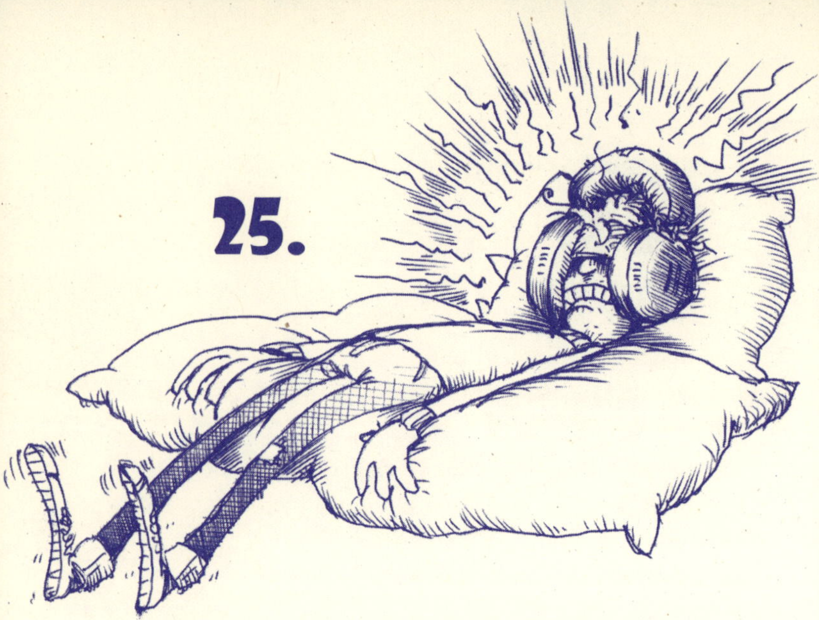

Am Nachmittag schlurfe ich schlecht gelaunt nach Hause, knalle meine Schultasche auf den Boden, lasse mich aufs Bett fallen, ziehe meine Sennheiser-Superbooster-Kopfhörer auf und zerstöre mir meine Trommelfelle, indem ich zwei Stunden lang auf höchster Lautstärke Rammstein höre.

Robert Maschmann hat recht. Ich sollte aufgeben. Ich sollte mir Charleen aus dem Kopf schlagen. Wenn ein Typ wie ich sich in ein Mädchen wie Charleen verliebt, ist das ungefähr so, als wäre ein Hängebauchschwein im brasilianischen Urwald in einen hungrigen Puma verliebt. Während es bei Robert umgekehrt ist. Einer wie er und eine wie sie. Das ist wie Ken und Barbie, Brad und Angelina, David und Victoria. Es passt einfach. Mehr muss man nicht sagen.

Ich brauche dringend etwas, das mich aufbaut. Ich gehe rüber zu Jack Russell und frage sie: »Findest du mich attraktiv?

»Im Vergleich womit? Einem Hundehaufen?«

»Nein, jetzt mal ehrlich.«

Sie zuckt mit den Schultern. »Keine Ahnung, Felix. Kann schon sein. Aber wie soll man das beurteilen unter dieser... Oberfläche?«

»Wie meinst du das?!«

»Was ich meine?!«, schnaubt sie abfällig. »Na, alles. Deinen Look, deine Frisur, deine Pickel, deine ganze Art. Dir ist es doch völlig egal, was andere Leute von dir denken. Und, na ja, genau das denken die Mädchen dann halt auch von dir. Solltest du mal darüber nachdenken.«

Überrascht sehe ich sie an. Es stimmt. Äußerlichkeiten haben mich noch nie interessiert. Mein Look, mein Body, meine Frisur – ist mir alles egal. *War* mir egal, sollte ich wohl sagen.

Aber jetzt ist Charleen auf diesem Planeten gelandet. Jetzt ist sie definitiv das Wichtigste in meinem Leben. Höchste Zeit also, etwas an mir zu ändern.

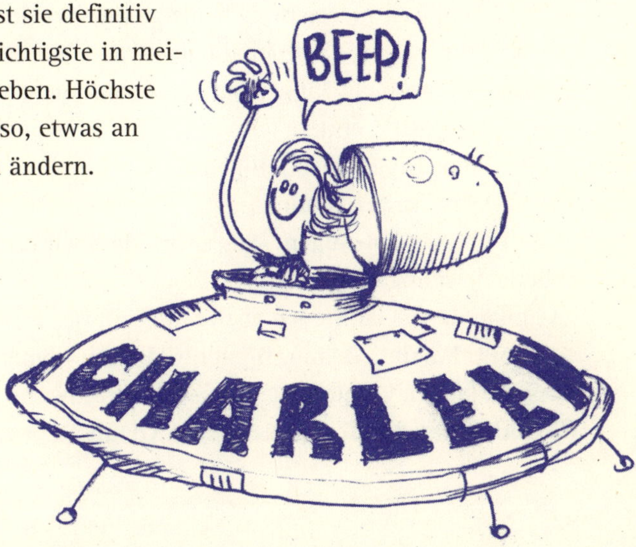

26.

Es fällt mir wie Schuppen von den Augen. Auf einmal weiß ich ganz genau, was ich tun muss. Auf dem Programm steht ab sofort: *Pimp my Felix!* Nur so habe ich eine Chance gegen Robert Maschmann.

Als ich mich abends durchs Gestrüpp auf das Baugrundstück zwänge, hat sich meine Laune schon deutlich gebessert. Die Lage sieht doch nicht mehr ganz so aussichtslos aus. Ich bin vielleicht ein Nerd. Aber ich bin kein Loser. Ab jetzt werde ich mich voll und ganz darauf konzentrieren, das Mädchen aller Mädchen zu erobern!

Musti und Lea mustern mich neugierig von der Seite. Sie merken, dass ich wieder irgendetwas ausbrüte. Also spanne ich sie nicht länger auf die Folter. »Ich brauche eure Hilfe, Leute«, erkläre ich.

»Geht klar, Digger. Worum geht's?!«

»Charleen«, sage ich nur.

Lea rollt mit den Augen. »Sag nicht, dass wir dir helfen sollen, sie rumzukriegen.«

»Genau darum wollte ich euch bitten.«

Musti schnaubt. »Mann, Digger. Glaubssu immer noch, dass es klappen könnte? Die Braut ist Spitzenware, Mann. Da verbrennst du dir nur die Finger. Glaubssu besser.«

»Kann sein. Aber ich will es wenigstens versuchen. Außerdem kann ich nicht damit leben, dass Robert Maschmann seine schleimigen Griffel auf sie legt.«

»Was hat der denn damit zu tun?!«, fragt Lea.

Ich kläre die beiden über das Duell auf, zu dem Robert mich aufgefordert hat.

Wütend schüttelt Lea den Kopf. »Das ist echt das Krankeste, was ich je gehört habe, Felix. Ein Duell um ein Mädchen? Ihr tut so, als wäre sie eine Trophäe?! Und ich dachte, du magst sie wirklich.«

»Aber das tue ich ja. Was kann ich denn dafür, wenn Robert ein Wettrennen daraus macht?!«

»Ehrlich?«, fragt sie. »Es geht dir wirklich nur um sie? Und nicht darum, es Robert mal so richtig zu zeigen?«

»Ich schwöre.«

»Mann, Alter, ist trotzdem lächerlich, weissu?! Vergiss sie einfach. Diese  passt nicht zu dir«, sagt Musti, der nebenbei eine Tüte Tiefkühl-Pommes in sich reinfuttert. (Natürlich ohne sie vorher aufgetaut zu haben. Er nennt das Pommes-Eis. Ist eine seiner Lieblingsspeisen.)

»Und selbst wenn! Ist mir egal. Ich liebe sie!«, sage ich.

Lea nickt und sieht etwas versöhnter aus. »Okay, find ich cool, dass du so denkst. Ich verliebe mich auch immer nur in Typen, die nicht zu mir passen.«

»Abu! In wen denn?«, fragt Musti.

Lea zuckt mit den Schultern.

»Johnny Depp zum Beispiel. Oder Orlando Bloom. Oder C-3PO.«

Musti spuckt vor Überraschung eine Tiefkühl-Fritte aus. »Du bist in einen Roboter verliebt?!«

Lea nickt. »War ich mal. Ich fand ihn total süß. Außerdem habe ich es mir toll vorgestellt, seine goldene Metallhaut zu streicheln.«

Musti unterdrückt ein Prusten und ich bin auch kurz davor laut loszulachen. Lea ist schon echt ziemlich verrückt. Wir schweigen eine Weile. Dann sagt sie: »Aber hier geht's ja nicht um mich, sondern um Felix. Er ist unser Freund. Also helfen wir ihm.«

»Hassu recht, Lea. Bin ich dabei«, sagt Musti.

»Ich wusste, dass ich mich auf euch verlassen kann. Danke«, sage ich.

27.

Lea hat mehr oder weniger dasselbe gesagt wie meine Schwester. Wenn ich Charleen erobern möchte, muss ich so ziemlich alles an mir pimpen: meine Optik, meinen Style, meine Frisur, meinen Musikgeschmack, meine Art, mich zu geben, zu reden, zu riechen. Charleen ist hot. Also muss ich auch hot werden.

28.

Am nächsten Abend klingeln wir bei Prinz Thomas an der Tür. Er ist zwei Jahre älter als wir und hat eine eigene Einliegerwohnung im Keller seines Elternhauses. Wir beneiden ihn alle darum. Er ist der stylischste Junge, den ich kenne. Ein bisschen wie Robert Maschmann, nur dass der Prinz eben wirklich Stil hat.

Er träumt davon, eines Tages einen Friseursalon aufzumachen und dann so berühmt zu werden wie Jamie Oliver, nur eben nicht mit Kochen, sondern mit Haaren.

Nachdem der Prinz uns die Tür geöffnet hat, legt er sich theatralisch die Hand an die Wange, rollt mit den Augen und sagt: »Ach Gottchen, das ist ja eine Überraschung. Lea, Schätzchen, ich freue mich, dich zu sehen. Und wie ich sehe, hast du den Fettkloß und die Mülltonne mitgebracht.«

»Hi Prinz. Ja, wegen der Mülltonne sind wir hier.«

Falls es euch noch nicht klar ist – mit der Mülltonne bin ich gemeint.

»Willst du ihn etwa entsorgen? Bitte nicht bei mir, Herzchen. Meine Wohnung ist keine Deponie für schräge Typen – auch nicht, wenn sie nett sind.«

Der Prinz zwinkert mir zu. Ich finde sein Gelaber trotzdem total bescheuert.

»Nein, keine Sorge«, erklärt Lea. »Du sollst ihm nur dabei helfen, ein bisschen mehr wie ein normaler Mensch auszusehen.«

Der Prinz mustert mich demonstrativ von Kopf bis Fuß und sagt: »Wie soll das denn gehen?! Da wäre es ja einfacher, aus einer benutzten Klobürste einen Angorapulli zu machen.«

»Verdammt, jetzt reicht es aber. Selber Klobürste«, fahre ich ihn an.

Prinz Thomas kichert gut gelaunt. »Beruhig dich, mein Lieber. Ich übertreibe doch nur ein wenig.«

»Also, was meinst du, Prinz? Kannst du etwas aus ihm machen? Es ist wichtig«, hakt Lea nach.

Der Prinz nickt bedächtig mit dem Kopf und sagt: »Lea-Schätzchen, du kennst mich doch. Ich kann aus allem etwas machen. Also werde ich auch diese Mülltonne in einen sexy Boy verwandeln können. Wie spät ist es jetzt? Acht Uhr? Freitagabend? Gut, ich denke, ich werde das ganze Wochenende brauchen. Und solange werdet ihr ihn nicht zu sehen bekommen. Aber wenn ich fertig bin, am Montagmorgen, pünktlich zu Schulbeginn, werdet ihr große Augen machen. Das verspreche ich euch.«

29.

Ich verbringe das ganze Wochenende unter einer Gurkenmaske. Außerdem wurde ich pediKürt, maniKürt, frisiert, geschminkt, geföhnt und gegelt. Ob sich der Aufwand wirklich lohnt?

30.

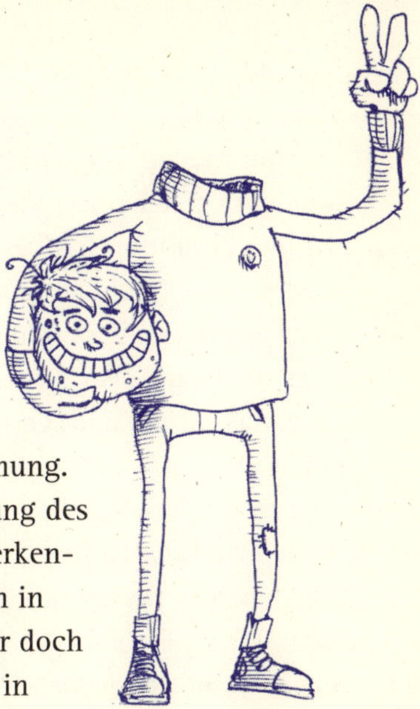

60 Stunden später. Montagmorgen. Ich bin in Höchststimmung. Denn nach der Spezialbehandlung des Prinzen bin ich nicht wiederzuerkennen. Charleen muss sich einfach in mich verlieben. Jetzt spielen wir doch in der gleichen Liga. Jedenfalls in Sachen Style.

Als ich um kurz vor acht Uhr den Schulhof betrete, werden meine Erwartungen nicht enttäuscht. Fast alle meine Mitschüler drehen sich zu mir um und sehen mich neugierig an.

Das ist noch nie vorgekommen! Wenn ich normalerweise morgens den Schulhof betrete, bemerkt das niemand. Ich müsste schon meinen eigenen Kopf unter dem Arm tragen oder mit einer geladenen Maschinenpistole herumfuchteln, damit irgendjemand mir auch nur einen müden Blick zuwerfen würde.

Heute aber nicken mir viele sogar anerkennend zu oder tippen sich zur Begrüßung mit dem Finger gegen die Stirn. Die Mädchen stupsen sich an und tuscheln – aber anders als früher lachen sie sich danach nicht kaputt über mich. Im Gegenteil. Sie sehen zu mir herüber und schenken mir ihr schönstes Lächeln. Ich kann nicht glauben, dass dies hier gerade alles wirklich passiert.

Dann kommt auch noch Sonja Nirumand auf mich zu und spricht mich an. Sie ist nicht irgendwer. Sie gehört zu den absoluten It-Girls an der Schule und ist zu jeder Tages- und Nachtzeit so gestylt, als wäre sie auf dem Weg zur Oscar-Verleihung.

Es wird euch also nicht wundern, wenn ich euch verrate, dass Musti und ich normalerweise mit Sonja (und allen übrigen It-Girls) nicht besonders viel zu tun haben. Wir halten sie für ziemlich eingebildete Tussen mit dem IQ von Eichhörnchen. Dafür halten sie uns für Nerds mit dem Sexappeal von einem Badezimmerteppich.

Heute aber ist alles anders. Sonja lächelt mich aufreizend an und sagt mit honigsüßer Stimme: »Hey, guten Morgen.«

Ich bin so verwirrt, dass ich erst mal gar nicht reagieren kann. Dann sage ich zögernd: »Morgen, Sonja.«

»Oh, du weißt, wie ich heiße, das ist ja cool von dir. Wie heißt du denn?!«

»Wie? Wie ich heiße?! Felix! Das weißt du doch?!«

»Nee, woher soll ich das wissen? Du bist doch neu auf

der Schule, oder nicht? Ich habe dich jedenfalls noch nie gesehen. Du siehst super aus! Es gibt übrigens noch einen Typen auf der Schule, der Felix heißt. Aber das ist ein totaler Loser.«

»Sieh lieber noch mal genauer hin, Sonja. Von wegen Loser«, sage ich triumphierend.

Sonja zuckt zurück, als hätte sie in eine Steckdose gefasst. »Du meinst, du bist das?! Du bist der Felix, der sonst immer so aussieht, als würde er Mode für eine Krankheit halten?!«

»Ja, genau der.«

Sonja starrt mich ungläubig an und stottert: »Felix… Das ist ja echt ein Wunder. Du siehst richtig klasse aus. Gratuliere. Ich kann's gar nicht glauben.«

»Solltest du aber lieber, Sonja. Und mach den Mund zu, sonst atmest du noch zu viel Luft ein, nimmst zehn Gramm zu und passt nicht mehr in deine Klamotten in Größe zero.«

31.

Den ganzen Vormittag halte ich nach Charleen Ausschau. Da wir in den ersten Stunden keinen gemeinsamen Unterricht haben, sehe ich sie erst in der großen Pause. Sie läuft mir auf dem Flur entgegen. Sie trägt ein knallrotes Kleid, das perfekt ihre Körperformen betont. Ihre Schulsachen hat sie in einer auffälligen riesigen Strandtasche und dazu trägt sie eine überdimensionale Sonnenbrille. Ihre Schritte sind leicht und federnd, als würde sie über den Boden schweben. Seufz und Doppelseufz!

»Hallo, Charleen. Schön, dich zu sehen«, sage ich. Bloß nicht anmerken lassen, dass ich den ganzen Vormittag genau auf diesen Augenblick gewartet habe.

Charleen bleibt stehen, schenkt mir ein bezauberndes Lächeln und sagt: »Hi, Felix. Wow! Was ist denn mit dir passiert? Du siehst super aus.«

YES, denke ich. Mein neuer Look funktioniert also auch bei ihr! Die Chance muss ich nutzen! Sag etwas Nettes zu ihr, zischt eine Stimme in meinem Kopf. Etwas, das ihr klarmacht, wie sehr du sie magst, ohne gleich total zu übertreiben.

Gerade will ich mit dem ultimativen herzerweichenden Superkompliment loslegen, als mich

plötzlich eine durchdringende feuersirenenhafte Stimme unterbricht: »Huhu! Felix! Das ist aber schön, dass ich dich hier treffe! Ich bin's, Babette! Na, hast du mich vermisst? Bestimmt, oder? Wie geht's dir

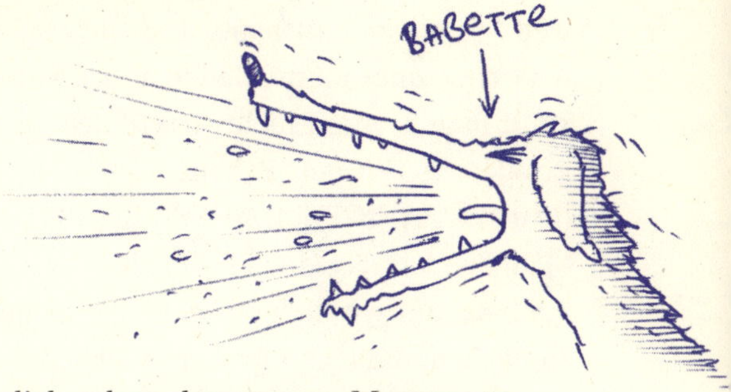

denn? Ich habe dich schon den ganzen Morgen gesucht. Gehst du mir vielleicht aus dem Weg? Kann ich mir gar nicht vorstellen! Ich weiß ja schließlich, dass du mich total gern magst. Bestimmt träumst du nachts sogar von mir?! Hey, du siehst ja super aus. Total klasse, dein neuer Look. Wär aber nicht nötig gewesen, dass du dich extra für mich so in Schale wirfst. Trotzdem bin ich total glücklich, dass du ... also dass wir beide ... also, dass du und ich ...«

Babette Zimmermann! Die größte Landplage, die man sich vorstellen kann. Kommt gleich nach Erdbeben, Tsunamis, Vulkanausbrüchen und Pestepidemien. Babette redet in einem Formel-1-Tempo und das ununterbrochen, so als hätte sie Angst, sofort zu sterben, wenn sie nur mal zwischendurch Luft holen würde. Allen anderen Menschen in ihrer Umgebung geht es umgekehrt: Sie haben Angst zu sterben, wenn Babette nicht schnellstmöglich die Klappe hält. Aber das ist noch nicht einmal das Schlimmste. Noch viel schlimmer ist die Tatsache, dass Babette aus irgendeinem Grund fest davon überzeugt ist, dass sie und ich irgendwie zusammengehören. Also, um es auf den Punkt zu bringen: Sie ist seit Jahren in mich verknallt. Das findet ihr jetzt wahrscheinlich komisch, weil ich ja erwähnt habe, dass die Mädchen mich meistens eher unattraktiv finden. Aber Babettes Geschmack kann man sowieso nicht so wirklich einordnen. Und das Problem ist – wenn Babette Zimmermann in einen verliebt ist, DANN IST DAS ECHTES PECH! Weil sie so ein Mädchen ist, das einen wirklich in den Wahnsinn treibt. Ich habe mir wirklich schon viel Mühe gegeben, ihr klarzumachen, dass ich nichts von ihr will. Im Laufe der Zeit waren dafür immer deutlichere Worte und drastischere Maßnahmen nötig. Genützt hat es aber nichts. Was dieser Moment jetzt gerade wieder sehr deutlich zeigt. Stöhn und Doppelstöhn!

Zu den vielen unangenehmen Angewohnheiten von Babette gehört leider auch, dass sie immer zum falschen Zeitpunkt am falschen Ort auftaucht, um dann das Falsche zu sagen. Aber noch kein Moment war jemals so ungünstig wie dieser Augenblick, als ich endlich die Chance habe, mit Charleen ins Gespräch zu kommen.

Aber es ist zu spät. Nachdem ich Babette endlich zum Schweigen gebracht habe, blicke ich mich suchend um. Dann sehe ich, wie Charleen gerade in ihrem Klassenraum verschwindet. Ich blicke ihr hinterher und fühle mich wie ein zum Tode Verurteilter, der zum zehnten Mal den elektrischen Stuhl überlebt, weil immer zum Zeitpunkt seiner Hinrichtung der Strom ausfällt.

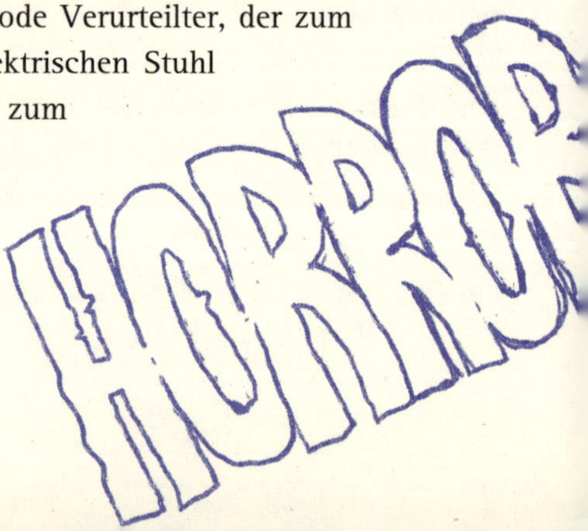

32.

An diesem Abend kommt, was kommen musste: Meine Eltern wollen wissen, was mit mir los ist. Weil ich mich ja so verändert hätte ... Eigentlich wissen sie natürlich ganz genau, was mit mir los ist. Wie alle anderen Eltern besitzen auch sie eine geheime Gedankenlesemaschine, mit der sie in die Köpfe ihrer Kinder sehen können. Es wird höchste Zeit, dass der Bundesdatenschutzbeauftragte sich um dieses Problem kümmert und dem Ganzen einen Riegel vorschiebt.

Mom sieht mich mit diesem mütterlichen Mikrowellenblick an – einem wird ganz warm, wenn sie das tut – und fragt mit Säuselstimme: »Jetzt sag schon, Felix. Wie heißt sie denn?«

»Wie heißt wer?«

»Na, das Mädchen, in das du verliebt bist.«

»Keine Ahnung, wovon du redest, Mom«, sage ich.

»Sie heißt Charleen«, sagt Jack Russell.

Ich werfe ihr einen Killerblick zu. »Halt bloß die Klappe, Lockenwarze.«

»Du hast mir gar nichts zu sagen, Pickelschnauze«, erwidert sie.

Mein Dad hüstelt und sagt: »Hey, könnt ihr euch bitte benehmen, ihr zwei!«

Abwehrend hebe ich die Hände in einer Geste der Unschuld. »Ich streite mich nicht. Aber dieses verunglückte Genexperiment, das ihr meine Schwester nennt, mischt sich in Dinge ein, die sie nichts angehen.«

»Und dieser wandelnde Rotzfaden, der mein Bruder sein soll, beleidigt mich.«

»Dich kann man gar nicht beleidigen, Silikonhirn.«

»Aber dich kann man echt nur verkloppen, du Stinkmorchel.«

»Versuch's doch, du Darmfloristin.«

»Schluss jetzt«, geht Dad grinsend dazwischen.

Mom seufzt und sagt: »Ich glaube, unsere Kinder werden langsam erwachsen, Schatz?!«

»Kann sein«, antwortet Dad mit ernster Stimme. »Aber sie benehmen sich trotzdem wie zwei unreife Bananen, die im Tiefkühlcontainer über die Weltmeere verschifft werden. Darum finde ich auch, dass sie sich jetzt bitte in ihre Zimmer zurückziehen und über ihr Verhalten nachdenken sollen.«

»Ach, Dad!«, rufe ich empört aus.

»Keine Diskussion. Raus mit euch.«

»Schon gut«, sage ich kleinlaut.

»Volltrottel«, sagt Jack Russell.

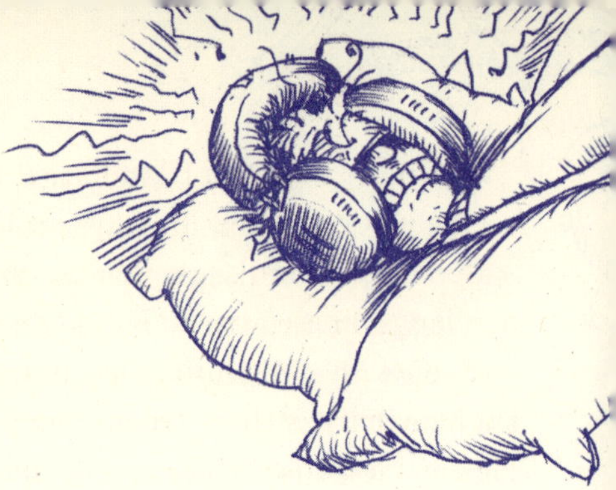

33.

Wutschnaubend verziehe ich mich in mein Zimmer. Ich genieße die herrliche Stille, die mich hier umgibt (jetzt mal abgesehen von dem Lärm, den Musikanlage, Fernseher und die Game-Konsole verbreiten).

Ich will gerade online gehen, weil mir eingefallen ist, dass ich mich unbedingt mit Charleen auf Facebook verlinken muss, als mein Vater in mein Zimmer kommt und sagt: »Ich möchte mich kurz mit dir unterhalten.«

Ohne eine Antwort abzuwarten, schließt er hinter sich die Tür und sagt mit seltsamer Stimme: »Deine Mutter und ich freuen uns sehr, dass du ein nettes Mädchen kennengelernt hast. Wir dachten bisher ja immer, dass du dich nicht so für Mädchen interessierst …«

»Bitte, Dad. Hör auf damit.«

»… aber nun, da es so weit ist, dachte ich, wir sollten mal offen darüber sprechen.«

In meinem Kopf schrillt ungefähr eine Million Alarmglocken. Oh mein Gott! Er will jetzt nicht wirklich ein Aufklärungsgespräch mit mir führen, oder? Das ist erstens überflüssig, zweitens unnötig und drittens mega-peinlich.

Dad aber setzt sich neben mich auf

mein Bett und sagt: »Du weißt, dass deine Mutter und ich sehr tolerante Eltern sind und wir dich bestimmt von nichts abhalten wollen. Ganz im Gegenteil, wir glauben, dass es sehr wichtig ist, dass du … Erfahrungen sammelst. Aber wir möchten eben auch, dass diese Erfahrungen kein übles Nachspiel haben. Wenn ein Mädchen in deinem Alter schwanger wird, dann …«

An diesem Punkt des Gespräches schaltet mein Großhirn den Betrieb ab. Warum sollte ich auch zuhören?! Da Charleen im Moment noch nicht einmal mit mir spricht, sind alle weiteren Überlegungen ziemlich witzlos. Vor allem wenn es dabei um Sex geht. Darum dringen die ganzen Vokabeln, die Dad herunterbetet, auch nicht wirklich in mein Bewusstsein: Streicheln, Zyklus, Kondom, Pille... Könnte jetzt nicht einfach ein Erdbeben ausbrechen und das Haus in sich zusammenstürzen?

Als eine halbe Stunde später die Tür hinter meinem Vater wieder zu ist, lasse ich mich ermattet zurück aufs Bett fallen. Dieses Gespräch hat mich mindestens ein Viertel meiner Gehirnzellen gekostet. Sie sind aus Peinlichkeit und Scham einfach geschmolzen.

34.

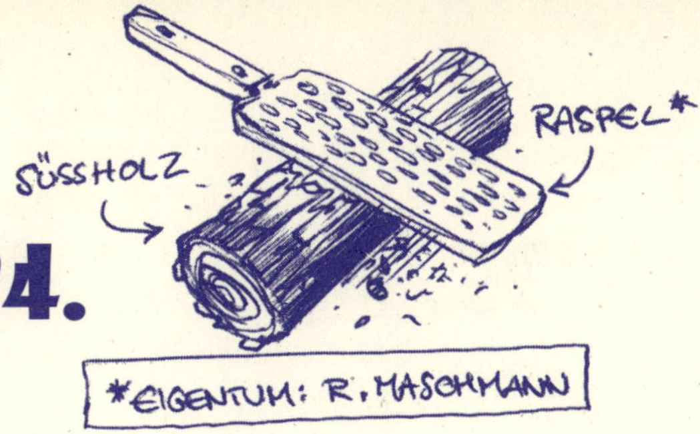

Die nächsten Tage sind die reinste Folter für mich. Charleen ist nett, charmant und fasziniert mich von Minute zu Minute mehr. Aber offenbar beruht diese Faszination nicht auf Gegenseitigkeit. Den ganzen Tag über wechseln wir höchstens ein oder zwei Sätze. Danach lässt sie mich immer sofort wieder stehen. Immerhin gelingt es mir, ihr zu sagen, dass das mit Babette wirklich ein Missverständnis und diese lebende Landplage keineswegs meine Freundin ist.

Charleen aber zuckt daraufhin nur mit den Schultern, schenkt mir ein bezauberndes Lächeln und sagt: »Echt? Ist ja schade. Ich fand Babette süß. Eigentlich passt sie doch zu dir…«

Würg und Doppelwürg! Babette und ich PASSEN zueinander? Super, wenn ausgerechnet sie das findet – das Mädchen, in das ich unsterblich verliebt bin und wegen dem ich mein ganzes Leben umkrempeln möchte! Das ist ganz schön frustrierend! Seufz und Doppelseufz!

35.

An einem der folgenden Abende aber ist das Glück auf meiner Seite. Ich gehe mit Musti und Lea ins *FiftyFive*. Das ist so ein Diner, in dem wir manchmal etwas essen oder trinken gehn. Wir setzen uns an einen Tisch in der Ecke, bestellen Burger mit Pommes und quatschen über dieses und jenes. Da geht plötzlich die Tür auf und Charleen kommt herein. Und zwar in Begleitung von Larissa von Eckstein und Tanja Pelmini, zwei weiteren Super-It-Girls von unserer Schule. Sofort ist mein Puls auf 180.000. Mein Gesicht nimmt die Farbe von Ketchup an und mein Mund ist auf einmal so trocken wie Löschpapier ...

Musti legt mir die Hand auf die Schulter. »Ey Digger. Alles in Ordnung, oder was? Hassu gesehen, wer gerade reingekommen ist?«

»Klar.«

»Hassu Glück, Mann! Das ist die

Chance, Digger. Gehssu rüber, sagssu, dassu sie liebst!«

Lea grinst und sagt: »Musti hat recht. Hier kann dir niemand reinpfuschen. Ich drücke dir die Daumen.«

»Schon klar«, sage ich leise und klinge dabei nicht gerade selbstbewusst.

»Machssu besser schnell«, sagt Musti.

»Also los. Du schaffst das«, sagt Lea.

Ich nehme all meinen Mut zusammen, stehe auf und will zu dem Tisch gehen, an dem sich die drei Mädels niedergelassen haben. Aber wisst ihr eigentlich, wie weit fünf Meter sein können? Nicht viel weniger als die Distanz, die ein Athlet beim Iron Man auf Hawaii zurücklegen muss. Jedenfalls *gefühlt*.

Leider sehe ich Sekunden später auch genauso aus, als würde ich gerade an einem Triathlon teilnehmen. Meine Nervosität bewirkt nämlich, dass meine Schweißdrüsen wieder mal auf Turbo schalten (dachte, ich hätte das Problem hinter mir). Schwitz und Doppelschwitz! Meine inzwischen gefluteten Turnschuhe geben bei jedem Schritt ein seltsames *Quak*-Geräusch von sich.

Ich bin schon kurz davor, aufzugeben und doch wieder zu Lea und Musti zurückzugehen, als die Tür ein zweites Mal aufgeht – und herein kommt niemand anders als ausgerechnet Robert Maschmann!

Er sieht sich um, fährt sich lässig durch die Haare, setzt sein Hollywood-Superstar-Lächeln auf und geht mit lässigen

Schritten auf den Tisch von Charleen, Larissa und Tanja zu.

Dabei kommt er an mir vorbei, bleibt kurz stehen und zischt durch die Zähne: »Was ist denn mit dir los, Felix? Regnet es draußen? Oder bist du irgendwo ins Wasser gefallen? Ich würde jedenfalls schleunigst nach Hause gehen und mir was Frisches anziehen. Ziemlich unappetitlich, das Ganze.«

Demonstrativ hält er sich die Nase zu.

Dann muss ich stumm mit ansehen, wie Robert sich an den Tisch der Mädchen heranscharwenzelt. Dort angekommen, baut er sich auf wie ein Model bei einem Schönheitswettbewerb und sagt mit Megaschmalz-Stimme: »Hey Girls. Nett, euch hier zu treffen. Larissa, du siehst einfach umwerfend aus. Tanja, du bist eine echte Augenweide. Aber Charleen, du bist einfach ein Wesen von einem anderen Stern, das zu unserem großen Glück den Weg auf die Erde gefunden hat. Bezaubernd! Ich bin nur froh, dass nicht zufällig ein Filmproduzent oder ein Model-Agent in der Nähe ist. Die würden dir nämlich beide sofort einen Millionenvertrag anbieten – und dann wärst du nicht mehr hier bei uns.«

Ich könnte kotzen, als ich Robert zuhöre. Aber immerhin vergesse ich dabei meine Nervosität. Ich mache drei entschlossene Schritte vorwärts und stehe jetzt auch vor dem Tisch der Mädchen. Lächelnd sehe ich Charleen an und sage: »Hey, Charleen. Ich finde, Robert hat recht. Du bist einfach umwerfend. Das wollte ich dir schon die ganze Zeit sagen. Seit du auf die Schule gekommen bist, bin ich irgendwie nicht mehr derselbe. Ist dir das eigentlich aufgefallen? Falle ich dir überhaupt auf? Weißt du überhaupt, wer ich bin?!«

Am Tisch herrscht ein seltsames Schweigen. Genau wie in meinem Kopf. Und überhaupt im ganzen Restaurant. Inzwischen gucken nämlich alle Gäste zu uns rüber – vermutlich weil sie das hier für die neuste Folge von Comedy Street Simon Gosejohann halten.

Langsam wird mir klar, dass mein übliches Gestammel vielleicht doch gar nicht so verkehrt ist. Immerhin bewahrt es mich davor, so einen Unsinn zu reden wie gerade eben. Groll und Doppelgroll!

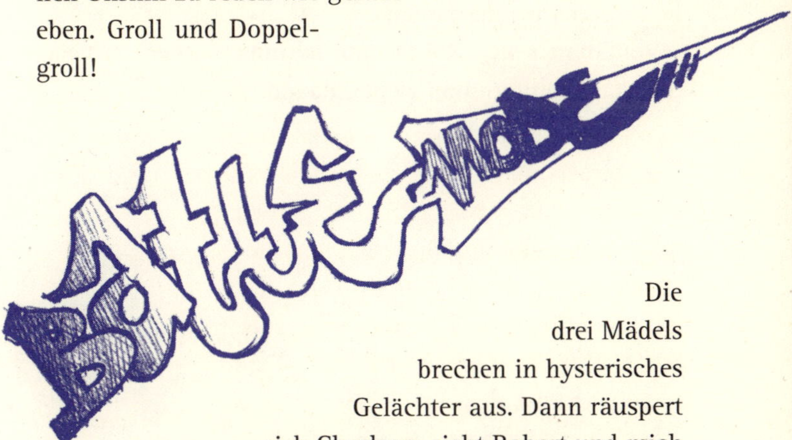

Die drei Mädels brechen in hysterisches Gelächter aus. Dann räuspert sich Charleen, sieht Robert und mich kopfschüttelnd an und sagt: »Was ist eigentlich mit euch los, Jungs? Glaubt ihr wirklich, ihr könnt mich mit so einem Auftritt beeindrucken? Also bei dir, Robert, da fragt man sich echt, ob du diese

ganzen Sprüche eigentlich irgendwo auswendig gelernt hast. Na ja und du, Felix... bei dir weiß man nie, woran man eigentlich ist. Du benimmst dich ziemlich seltsam. Um ehrlich zu sein, seid ihr alle beide echt merkwürdig. Und jetzt lasst uns bitte in Ruhe. Wir möchten uns nämlich ungestört unterhalten...«

Verdattert sehen Robert und ich uns an, zucken beide mit den Schultern und ziehen davon.

36. Sport

Am nächsten Tag nach Schulschluss taucht Robert plötzlich neben mir auf. Er hat sein Coverboy-Grinsen wiedergefunden und sagt: »Mann, Charleen hat uns gestern ja ganz schön abserviert… Finde ich aber gar nicht schlecht. So macht es umso mehr Spaß, sie rumzukriegen – und ich werde sie rumkriegen.«

Auch ich habe über Nacht meine gute Laune wiedergefunden. »Was macht dich da so sicher, Robert? Ich finde, sie hat dich gestern genauso abblitzen lassen wie mich. So gesehen steht es unentschieden.«

Robert zuckt mit den Schultern. »Kann sein. Aber das wird sich schon bald ändern. Du hast dich zwar inzwischen auch ganz schön rausgeputzt. Aber das ist bei dir ja nur Oberfläche. Es kommt immer auch darauf an, was sich darunter befindet! Damit du mich nicht missverstehst, Felix. Ich rede über *Body*. Falls das Wort dir etwas sagt.«

Mit diesen Worten bläst Robert seinen zugegebenermaßen durchtrainierten Körper vor mir auf. Und da er an diesem warmen Sommertag nur Shorts und ein ärmelloses T-Shirt trägt, bekomme ich eine beeindruckende Showeinlage geboten. 16-Inch-Bizeps, gemeißeltes Sixpack am Bauch, dazu Oberschenkel wie ein Eisschnellläufer…

YEAH.
FELIX
3.0
AKA.
EISEN-
felix

Schließlich zuckt er mitleidig mit den Schultern und sagt grinsend: »Ein Junge, der etwas von einem Mädchen wie Charleen will, braucht stahlharte Muskeln. Du aber hast an deinem Körper nichts als müdes, schlaffes Fleisch, das seit zehn Jahren die Sonne nicht gesehen hat. Du siehst aus, als hättest du dein bisheriges Leben mit einem Ganzkörper-Gips im Bett verbracht. Wenn du also einen Tipp von mir haben möchtest: Räum lieber das Feld, Felix. Es wird ja doch nur frustrierend und peinlich für dich.«

Mit diesen Worten verschwindet Robert um die nächste Straßenecke und lässt mich einfach stehen. Ich fühle mich wie vor der Übungszielscheibe eines sehr schlechten Messerwerfers, der leider mit jedem Wurf meinen Körper trifft.

Ein Blick in die nächste Schaufensterscheibe beweist es. Mein Körper beeindruckt einen wirklich überhaupt nicht – kein breiter Rücken, keine kräftigen Oberarme, keine sehnigen Beine. Alles ist eher schmal und schwächlich. Meine Haut ist nicht braun gebrannt, sondern hat die Farbe von gekochten Nudeln. Insgesamt habe ich die Ausstrahlung eines altersschwachen Oldtimers, der an der nächsten Straßenecke zusammenbricht. Mist und Doppelmist.

37.

Abends bin ich sehr nachdenklich. Die letzten Tage haben mir etwas sehr deutlich gezeigt: Du kannst dein Leben nicht einfach ändern. Und noch weniger kannst du einfach jemand anderes werden.

Es gibt alle möglichen Kräfte, die einen dazu zwingen, man selbst zu bleiben.

Wenn man aber versucht, aus dem Gefängnis seines alten Ichs auszubrechen, wird einem ziemlich schnell klargemacht, wie schwach und erbärmlich man eigentlich ist.

Ich muss mich wohl damit abfinden, dass ich bei Charleen keine Chance habe. Heul und Doppelheul!

38.

Ein paar Tage später treffe ich mich mit Musti wieder im *FiftyFive*. Wir suchen uns einen Tisch in der hintersten Ecke. Lagebesprechung. Ich beichte Musti, dass ich frustriert bin, weil sich in Sachen Charleen einfach nichts tut. Weniger als nichts. Ich könnte aus Glas oder Luft oder Antimaterie sein – sie würde keinen Unterschied bemerken.

»Warum vergissu sie nicht, Alter? Wär besser. Bissu sonst nur scheißfrustriert. Bringt gar nichts, glaubssu«, erklärt Musti mir schulterzuckend.

»Wenn das so einfach wäre … aber ich muss ständig an sie denken.«

»Siehssu, Alter: Bissu nicht ihre Liga, verstehssu?! Sie ist Bundesliga-Topmannschaft. Du bist … muss ich nicht sagen, oder?!«

»Nee, nicht nötig, danke«, gebe ich grummelnd zurück. Er muss mir echt nicht unter die Nase reiben, dass ich im Vergleich zu Charleen eher in der Amateuroberliga-Mannschaft spiele.

Ich lasse mir Mustis Worte durch den Kopf gehen und frage dann mit etwas mehr Zuversicht in der Stimme: »Könnte ich nicht aufsteigen? So wie St. Pauli?«

Er grinst. »Geht schon, Digger. Dauert aber lange. Zu lange.«

Für Musti ist das weiter kein Problem. Er macht sich im Vergleich zu mir wirklich kaum einen Kopf um die Mädels. Er ist halt fest davon überzeugt, eines Tages die große Karriere als Rapper zu machen. Und dann wird er ein Leben führen wie die Typen in den MTV-Videos. Er wird in ein Mikro brüllen und ein bisschen mit den Hüften wackeln – und ist dabei umringt von Superbräuten in knappen Bikinis. Na ja, so stellt Musti sich das zumindest vor. Für mich ist die Sache leider nicht so einfach. Wegen Charleen. Ich muss mir etwas einfallen lassen.

39.

Robert Maschmann hat recht. Es gibt nur eine Möglichkeit, wie ich bei Charleen weiterkommen kann. Ich brauche Muskeln. Und zwar überall, am ganzen Körper. An den Armen, am Bauch, an den Beinen, am Arsch. So wie Arnold Schwarzenegger. So wie Dwayne The Rock Johnson. So wie Robert.

So wie alle Typen, die bei Supermädchen wie Charleen gut ankommen.

Aber woher soll ich all diese Muskeln nehmen? Schließlich kann man nicht einfach in einen Supermarkt gehen und sagen: »Ich möchte Aufschnitt und Schinken. Ach ja und packen Sie mir doch bitte noch zwei Kilo Bizeps ein. Und zwei neue Oberschenkel nehme ich auch noch.«

So funktioniert das einfach nicht. Aus einem Schwächling wie mir wird nicht per Fingerschnippen ein Superhero.

Wie immer geht es nur über den mühsamen Weg: Sport!

Stöhn und Doppelstöhn. Muss das wirklich sein?

Sport ist die merkwürdigste Erfindung der Menschheit. Seit ungefähr 200.000 Jahren versuchen wir nichts anderes, als Dinge zu entwickeln, die uns den Alltag erleichtern sollen. Kaffeemaschinen, Rolltreppen, Segways. Aber gleichzeitig sind

die Menschen total scharf darauf, ständig etwas möglichst Anstrengendes zu tun! Joggen, Gewichtheben, Schwimmen, Speerwerfen.

Das habe ich einfach noch nie verstanden. Aber jetzt bleibt mir wohl nichts anderes übrig, als mich auch zu Tode zu schinden!

Ohne Fleiß kein Preis.

Und ohne Muskeln kein Mädchen.

40.

Am nächsten Morgen um Viertel nach sechs – also praktisch mitten in der Nacht – fange ich mit dem Training an. Ich habe beschlossen, es zuerst mit Joggen zu versuchen. Das ist die ideale Sportart. Es kostet nichts, man kann es überall machen und außerdem weiß ich aus zuverlässigen Quellen, dass Charleen auch immer joggen geht!

Zu meiner Überraschung hat Musti gestern Abend angekündigt, dass er auch anfangen will zu trainieren. »Yo, Digger. Muss ich Kondition haben. Für später. Wenn ich berühmter Rapper bin. Für Auftritt im Stadion, weissu?«

Als ich zum vereinbarten Treffpunkt komme, ist Musti schon da – und ich kriege vor Entsetzen fast den Mund nicht mehr zu. Er trägt einen schwarz glänzenden hautengen Running-Anzug, in dem er aussieht wie eine wandelnde Presswurst. Seinen ohnehin runden Kopf verziert ein neonfarbenes Stirnband und an seinen Füßen glänzen Hightech-Laufschuhe mit ebenfalls neonfarbenen Schnürsenkeln. Grins und Doppelgrins! Ein Alien!

»Also los, Musti. Lass uns starten.«

Er winkt ab. »Vergisses, Alter. Hab's mir an-

ders überlegt. Joggen ist nichts für mich. Läufst du besser alleine. Wart ich hier auf dich.«

»Okay, wie du meinst«, sage ich und spurte los.

Nach zehn Minuten ist es so weit. Ungefähr zweihundert Meter vor mir entdecke ich Charleen und arbeite mich an sie heran.

»Hal... lo... Cha... leen ...«, rufe ich. Diesmal stammle ich nicht, weil ich schüchtern bin, sondern, weil ich kaum noch Luft in den Lungen habe. Und diesmal schwitze ich auch nicht, weil ich nervös bin, sondern, weil ich an der Grenze meiner Leistungsfähigkeit bin. Wie gesagt, bisher habe ich Sport für sinnlosen Quatsch gehalten. Mein Shape ist darum unterirdisch.

Tatsächlich dreht Charleen sich um, lächelt und lässt mich an sich herankommen. »Hey, guten Morgen, Felix. Ich wusste gar nicht, dass du auch laufen gehst.«

»Scho... scho... schon jahre... lang«, röchel ich.

»Cool.«

Charleen erhöht wieder leicht ihr Tempo und ich ahne, dass ich es keine fünfhundert Meter durchhalten werde.

Ich muss mir etwas einfallen lassen. »Du... warte mal... mein Schnürsenkel ist auf«, erkläre ich.

Charleen lächelt. »Echt? Ist ja seltsam. Deine Schuhe haben doch gar keine Schnürsenkel, sondern Klettverschlüsse.«

»Oh. Ist mir... noch gar nicht... aufgefallen.«

Sie lacht und läuft in langen, eleganten Sprüngen weiter. Ich spüre, wie mein Herz im reinsten Techno-Beat hämmert. Jetzt nur nicht aufgeben – das läuft hier gerade richtig gut. Endlich habe ich sie mal ganz für mich allein!

Genau in dem Moment, als ich das denke, höre ich hinter mir eine fröhliche Stimme: »Hey, Leute. Ist ja super, dass ich euch hier treffe …«

Ich muss mich gar nicht umdrehen, um zu wissen, dass *er* es ist. Robert Maschmann. Hat man denn nie seine Ruhe vor dem? Und woher weiß er eigentlich immer so genau, wo ich bin? Hat er mich mit einem Peilsender verwanzt?

Keine zehn Sekunden später drängelt Robert sich zwischen mich und Charleen – und anders als ich stolpert er nicht wie ein fußlahmes Maultier, sondern hüpft lässig wie ein kenianischer Langstreckenspezialist.

»Hallo Robert. Na, das ist ja ein Zufall, dass du auch läufst – und dann auch noch hier in der Gegend. Es ist doch Zufall?!«, fragt Charleen. Ihre Stimme verrät, dass sie das Ganze ein wenig seltsam findet.

Robert aber lässt sich nicht beirren. »Zufall? Natürlich nicht, Charleen. Ich bin mir nämlich sicher, dass es das Schicksal ist, das uns hier zusammenführt.«

»Meinst du? Wär ja witzig. Dann hat also auch das Schicksal dafür gesorgt, dass wir hier alle drei aufeinandertreffen?«, fragt Charleen mit hochgezogener Augenbraue und deutet auf mich.

Robert grinst frech. »Nee, das ist kein Schicksal. Das ist mieses Karma. Außerdem glaube ich nicht, dass Felix noch sehr lange bei uns ist. Er

sieht so aus, als bräuchte er bald künstliche Beatmung und eine Nährstoff-Infusion.«

»Ga... ga... gar nicht«, stoße ich hervor. Dabei hat Robert leider recht. Ich habe inzwischen so schmerzende Seitenstiche, als würde man mir ohne Narkose die Nieren herausoperieren.

»Was... haltet... ihr... von... einer... Pause?!«, frage ich darum.

Charleen sagt: »Klar, warum nicht?! Wir können da vorne auf der Wiese ein paar Übungen machen. Gehört sowieso immer zu meinem Programm.«

Sie steuert auf eine Grasfläche zu, lässt sich auf den Boden nieder und beginnt mit allerlei Turnübungen: Sit-ups, Liegestütze, Klappmesser...

Robert fackelt nicht lange. Er lässt sich neben ihr nieder und macht es ihr nach. Wobei seine Liegestütze wie die eines amerikanischer Elitesoldaten aussehen. Hoch, runter, hoch, runter. Beeindruckend.

Ich dagegen liege röchelnd auf Charleens anderer Seite und mache Liegestütze wie ein mexikanischer Bauarbeiter während der Mittagspause. Hoooooch. Runnnnnter. Weniger beeindruckend.

»Hey, Rohrbach. Sollen das etwa Liegestütze sein? Sieht eher aus wie Rehabilitations-Yoga unter Drogeneinfluss.«

»Dann sieh mal genau hin, Maschmann!«, antworte ich – und tatsächlich setzt meine Angst, mich vor Charleen zu blamieren, ungeahnte Kräfte in

mir frei. Ich beschleunige das Tempo. Hoch, runter, hoch, runter. Wie eine hydraulische Schrottpresse.

So kommt es, dass Robert und ich nebeneinander ein Liegestützen-Duell austragen, das die Welt noch nicht gesehen hat... Irgendwann aber kann ich nicht mehr. Genau wie Robert. Wir brechen beide unter der Anstrengung zusammen und liegen hechelnd und schwitzend im Gras.

Als sich mein Blick wieder klärt, sehe ich mich verwundert um. »Wo ist eigentlich Charleen?«, frage ich.

»Was? Wieso? Sie müsste doch...«

»Nein, ist sie nicht. Sie ist weg.«

Während wir uns unseren albernen Liegestützen-Zweikampf geliefert haben, ist sie einfach weitergelaufen. Wir sehen gerade noch, wie sie ganz am Ende der Straße um eine Ecke biegt.

Robert setzt sich auf, sieht mich spöttisch an und sagt: »Die Runde geht ganz klar an mich, Rohrbach. Selbst wenn du die nächsten drei Jahre laufen gehst, wirst du trotzdem immer noch aussehen wie ein Kandidat bei *Deutschland sucht den Super-Spargeltarzan.*«

Lachend springt er auf die Beine und trabt davon. Schlurfend und mit hängendem Kopf kehre ich zu Musti zurück, der mich auf einer Parkbank erwartet und gemütlich ein paar Schokoriegel in sich hineinstopft.

41.

Am Abend sitze ich frustriert zu Hause und gucke Fernsehen, surfe im Internet, höre Musik – aber nichts kann meine schlechte Laune vertreiben.

Schließlich gehe ich, um mich abzulenken, einer meiner Lieblingsbeschäftigungen nach. Leise schleiche ich mich rüber in Jack Russells Zimmer, die zum Glück bei ihrem Freund ist, und schnappe mir ein paar ihrer Manga-Hefte. Dann greife ich zu einem schwarzen Edding und *verschönere* die Comics.

Das habe ich schon oft gemacht, weil Jack total auf diese Girly-Mangas, also *Sailor Moon, Doremi* und *Momoko,* steht. Und das, obwohl ich, ihr Bruder, der genialste Zeichner der Welt bin und irgendwann meine eigene Comicreihe herausgeben werde, die eine Million mal besser sein wird als alle Sailor Moons, die sie je gesehen hat. Ich hasse Mangas. Mal abgesehen von *Conan, Naruto* und *Dragon Ball.* Darum gestalte ich einen ihrer Bände immer mal wieder etwas um… Ich persönlich finde, dass die danach immer viel besser aussehen als vorher. Aber Jack hasst mich dafür noch mehr als ohnehin schon. Heute ist mir das total egal. Mir selbst geht's nach meiner Aktion jedenfall deutlich besser.

42.

Ein paar Tage später habe ich meinen Optimismus wiedergefunden. Ich werde der Welt beweisen, dass man sein Schicksal ändern kann. Es ist möglich, ein anderer Mensch zu werden und sich selbst neu zu programmieren. Darum teile ich meinen Eltern mit, dass ich unbedingt Mitglied in einem Fitnessstudio werden möchte. Natürlich wundern die sich ziemlich darüber und mein Dad sagt: »Und wir dachten immer, dass du Sport für eine Art Folter hältst.«

»Ich habe meine Meinung halt geändert«, erkläre ich schulterzuckend.

Mom lächelt wissend. »Jaja. Mädchen sind doch für vieles gut – auch dafür, Jungs dazu zu bringen, ihren Lebensstil zu überdenken.«

Typisch Mom. Sie durchschaut einen immer. Ist ja auch ihr Job. Aber egal. Jedenfalls erklärt sie mir kurz darauf, dass sie gerne bereit ist, mir die Mitgliedschaft in einem Studio zu finanzieren.

43.

Schon am nächsten Tag beginne ich mit dem Training. Ein Mitarbeiter des Fitnessstudios begrüßt mich, mustert mich von Kopf bis Fuß, unterdrückt ein Grinsen und sagt: »Okay. Da müssen wir wohl ganz von vorne anfangen …«

Er heißt Toni und sieht selbst aus wie Dr. Bruce Banner nach der Verwandlung in den unglaublichen Hulk. Nur dass seine Haut nicht grün ist, sondern in einem sanften Bronzeton schimmert.

Toni begleitet mich von Gerät zu Gerät und erklärt mir alles. Jedes Mal sieht er mich von Neuem abschätzend an, bevor er dann die niedrigste Gewichtsstufe einstellt.

Überrascht stelle ich fest, dass es richtig Spaß macht, an den Geräten zu trainieren. Dabei vergesse ich fast, warum ich die Anstrengung überhaupt auf mich nehme.

Aber am dritten Abend im Studio erlebe ich mal wieder eine unangenehme Überraschung. Gerade sitze ich am Butterfly-Trainer und bin stolz darauf, inzwischen nicht nur eine Eisenplatte, sondern zwei auf- und abbewegen zu können. Dann aber bemerke ich aus den Augenwinkeln, wie jemand sich auf das gleiche Gerät direkt neben mir setzt, den Metallbolzen ganz nach unten schiebt und

dann mit gleichmäßigen Bewegungen den ganzen riesigen 70 Kilo schweren Metallklotz auf- und abbewegt.

Und anders als ich stöhnt derjenige auch nicht bei jeder Wiederholung wie ein gebärendes Walross, sondern bewältigt das Ganze fröhlich pfeifend.

Mit einem ziemlich unguten Gefühl drehe ich den Kopf zur Seite. Nein, ich bin nicht überrascht, als ich feststelle, wer dort neben mir trainiert. Es ist niemand anderes als Robert Maschmann. Taucht dieser Vollpfosten eigentlich überall auf, wo ich mich herumtreibe?! Offenbar findet das Schicksal das besonders witzig und lässt uns darum immer wieder aufeinandertreffen.

Robert grinst schleimig, dass der Fiesling-Schleim nur so tropft, und fährt sich durch die frisch gewaschenen Haare. Dann sagt er: »Ich will dich ja nicht frustrieren, Rohrbach. Aber bevor *du* einen Body hast, der Charleen beeindruckt, haben wir alle längst Abitur und sind in alle Winde verstreut. Und ich bin wahrscheinlich mit ihr verheiratet!«

»Ich glaube nicht, dass du jemals das Abi bekommen wirst, Robert. Weil dein Gehirn ein Muskel ist, den du leider seit Jahren nicht trainiert hast.«

Robert Maschmann ist wirklich dumm wie Dosenbrot. Um ihn loszuwerden, müsste ich ihm nur folgende Frage stellen: Sag mal, Robert, wenn du dich umdrehst, müsste doch deine linke Hand zu deiner rechten Hand werden, oder?!

Das würde dazu führen, dass Robert sich die nächsten zwei Stunden um sich selbst drehen und dabei ratlos auf seine Hände starren würde ...

Aber dann fällt mir ein, dass es ja gar nicht darum geht, Robert loszuwerden – sondern Charleen zu gewinnen!

44.

Die nächsten zwei Wochen verbringe ich wie ein Topathlet während der Vorbereitung auf die nächsten Olympischen Spiele. Jeden Morgen vor der Schule gehe ich joggen – und jeden Morgen kommt Musti in seinem Running-Suit mit, rennt aber nicht, sondern sitzt auf der Parkbank und futtert Energieriegel. Danach gehe ich zur Schule, verbringe den Vormittag damit, Charleen anzuschmachten, erledige meine Strafarbeit bei Toaster-Manni und gehe anschließend ins Studio, um Gewichte zu stemmen.

Jeden Tag treffe ich dort auf Robert. Unser Duell nimmt immer dramatischere Formen an. Alle Übungen erledigen wir nebeneinander und versuchen, uns dabei jeweils zu übertrumpfen. Täglich erhöht er die Gewichtsmenge und ich genauso. Das führt dazu, dass wir beide vor Anstrengung laut stöhnen und sogar herumschreien. Irgendwann fangen die anderen Besucher an, sich bei der Geschäftsleitung über uns zu beschweren.

Als wir eines Tages gerade beide am Bankdrücken sind – Robert stemmt 110 Kilo und ich immerhin 55 – steht der Inhaber des Studios plötzlich vor uns. Er ist ein riesenhafter Typ im

Trainingsanzug, mit der Körperhaltung eines Gorillas und dem Blick eines Berufskillers. Um seinen speckigen Nacken baumelt ein Goldkettchen. Jedes freie Stück Haut, das man sehen kann, ist mit extrem kitschigen Tattoos bedeckt. Von oben sieht er auf uns herab, lässt seine Fingerknöchel knacken und sagt: »Ich weiß ja nicht, was für einen Film ihr beiden Clowns am Laufen habt. Aber das hier ist nicht der Ort, um ihn auszutragen. Ich entziehe euch hiermit die Mitgliedschaft im Studio. Tobt euch woanders aus. Aber nicht hier, wo ihr allen übrigen Gästen auf die Nerven geht.«

Kurz darauf landen Robert und ich in hohem Bogen auf der Straße. Unsere Klamotten fliegen gleich hinterher. »Lasst euch hier nicht mehr blicken, ihr Spinner!«

45.

Nach dem Rausschmiss aus dem Studio ist mein Intensiv-Training zwar beendet. Aber immerhin habe ich in der letzten Zeit deutlich Fortschritte gemacht. Mein Shape und meine Optik haben sich echt ganz schön verändert.

Es ist höchste Zeit, Charleen meine Fortschritte zu präsentieren. Am nächsten Tag in der großen Pause lehne ich mich deshalb lässig an eine Mauer und warte darauf, dass Charleen auf dem Weg zur nächsten Stunde an mir vorbeikommt.

Als sie endlich auf mich zukommt, spanne ich sämtliche Muskeln am Körper an und nehme verschiedene Posen ein – wie ein Bodybuilder bei der Endausscheidung zur Kür des Mr Universum.

Charleen bleibt stehen, mustert mich aus zusammengekniffenen Augen und fragt: »Tut dir irgendetwas weh, Felix?«

»Nein, gar nicht«, presse ich hervor.

»Und wieso redest du dann so komisch?«

»Weiß nicht«, zische ich.

»Du bist auch knallrot im Gesicht!«

Allerdings, das ist eine Tatsache. Vor lauter Posing habe ich leider das Atmen vergessen.

»Sonnenbrand«, stoße ich hervor.

»Echt? Dabei war doch gar nicht so gutes Wetter.«

»Ja, kann sein. Aber siehst du meine Muskeln?«

»Welche Muskeln? Warte mal, ich glaube, ich habe eine Lupe dabei.«

Demonstrativ kramt sie in ihrer Tasche. Ich sacke in mich zusammen. Offenbar ist meine Körperentwicklung doch nicht so beeindruckend, wie ich gehofft habe.

Charleen lacht auf. Dann seufzt sie und sagt: »Glaubst du eigentlich wirklich, mich durch solche komischen Aktionen beeindrucken zu können? Wenn das so ist, dann bist du aber echt schiefgewickelt.«

»Oh!« Mehr bringe ich nicht hervor.

»Ich find's voll bescheuert, wenn ein Junge versucht, etwas zu sein, was er nicht ist.«

Doppel-Oh. »Dann findest du mich also bescheuert?«

»Das habe ich nicht gesagt. Es ist nur so, dass es mir völlig egal ist, ob ein Typ einen tollen Körper hat oder nicht. Und ob er coole Klamotten trägt oder nicht. Was er vor allem braucht, ist das gewisse Etwas. Er soll charmant und zuvorkommend sein, er soll mir nette Dinge sagen und mir das Gefühl geben, mich auf Händen zu tragen. Also, um's zusammenzufassen, er muss ein echter Kavalier sein. Zu blöd, dass du das leider so überhaupt nicht bist.«

Mit diesen Worten dreht sie sich um und lässt mich einfach stehen. Ich fühle mich matt wie eine 20-Watt-Glühbirne in einem tiefen, dunklen Kellerverlies.

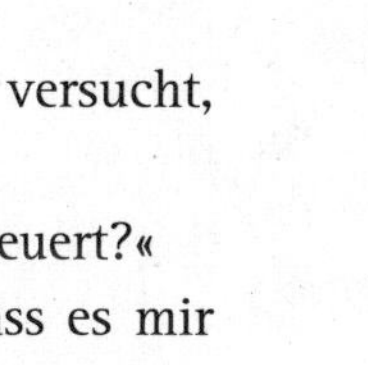

46.

Die Begegnung mit Charleen macht mich total fertig. Wieder liege ich auf meinem Bett und ärgere mich über mich selbst. Verdammt, warum stelle ich mich nur immer so dämlich an, wenn sie in meiner Nähe ist?!

Diesmal ist es sogar noch schlimmer. Denn das, was sie mir gesagt hat, bewies, dass sie wirklich ein Supermädchen ist. Das beste überhaupt. Und ich weiß jetzt, dass wir wirklich zueinanderpassen. Sie will mich so, wie ich bin! Ein Hauptgewinn. Ich muss jetzt nur noch dafür sorgen, dass sie das auch so sieht.

47.

Wenn mir die richtigen Sprüche für Charleen schon nicht von selbst einfallen, dann muss ich halt Nachhilfe nehmen. Ich kratze mein letztes Taschengeld zusammen und melde mich bei einem Flirt-Kurs an. Die Adresse finde ich im Internet.

Am Samstagvormittag ist es so weit. Auf dem Weg zum Kurs frage ich mich, wie das Ganze wohl ablaufen wird und ob alle Teilnehmer am Ende ein Zeugnis bekommen. Gibt es da vielleicht sogar Noten? Wenn mich dann später mal jemand fragt, ob ich gut mit Mädchen flirten kann, muss ich dann antworten: Geht so, ich habe eine Drei plus?!

Außer mir sind elf weitere Teilnehmer da, drei Jugendliche, der Rest Erwachsene. Der älteste Teilnehmer ist achtzig Jahre alt, der totale Opa. Als wir eine Vorstellungsrunde machen, sagt er mit krächzender Stimme: »Ich möchte am liebsten ein ganz junges Ding kennenlernen, also höchstens sechzig oder siebzig Jahre alt.«

Ein anderer Teilnehmer heißt Murat und erinnert mich total an Musti. Auf die Frage, warum er an dem Kurs teilnimmt, erklärt er: »Weissu, will ich so

zu Mädchen hingehen und so, weissu. Will ich sagen, ey du Frau, du und ich, checkssu, sind wir gemacht so füreinander, weissu?! So will ich machen, Digger. Nur bisher klappt nicht so, weissu?! Hassu vielleicht Tipp für mich, Alter?«

Der Seminarleiter heißt übrigens Gregor. Er trägt Jeans und ein T-Shirt, ist sportlich und sieht ziemlich gut aus. Er grinst die ganze Zeit, und zwar so intensiv, als hätte sein Zahnarzt vergessen, nach der letzten Behandlung die Maulklammern zu entfernen.

Nach der Begrüßung hält Gregor einen Vortrag, in dem es – natürlich – um Mädchen geht. »Hey, Leute. Es gibt so viele Jungs und Männer da draußen, die schüchtern sind, wenn sie es mit Mädchen oder Frauen zu tun haben. Dabei ist das totaler Quatsch. Frauen sind gar nicht so kompliziert, wie die Leute immer behaupten. Darum ist Flirten auch gar kein großes Ding. Es läuft nach einem ganz einfachen Reiz-Reaktions-Schema ab. Ihr sagt etwas Nettes und das Mädchen oder die Frau freut sich. Das klingt viel-

leicht primitiv, aber ihr glaubt nicht, wie viele Männer genau das nicht kapieren. Die glauben, man muss besonders hart oder unfreundlich sein, um eine Frau zu beeindrucken. Aber so funktioniert es nicht.«

Murat lässt den Kopf hängen und sagt: »Verdammt, warum hat mir niemand früher gesagt?!«

Nach einer Pause gehen wir zu den paar praktischen Übungen über. Dafür bilden wir Zweiergruppen. Einer spielt das Mädchen und der andere muss sie ansprechen.

Ich arbeite mit Murat zusammen, der sich als ganz in Ordnung herausstellt. Er tänzelt herum wie ein Mädchen, was er so überzeugend macht, dass MEIN Reiz-Reaktions-Schema sofort anspringt – ich stehe vor ihm und stottere nur blödes Zeug.

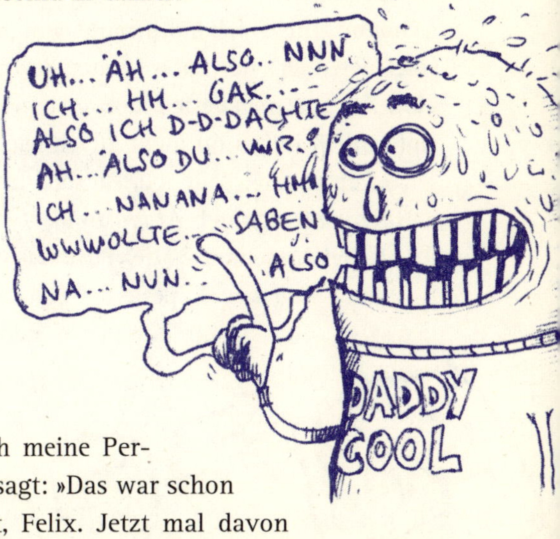

Gregor sieht sich meine Performance an und sagt: »Das war schon gar nicht schlecht, Felix. Jetzt mal davon abgesehen, dass man kein Wort verstanden hat. Aber mach dir keine Sorgen, das Problem haben viele Jungs. Sie werden total schüchtern, wenn sie vor einem Mädchen stehen. Am besten lernst du einfach ein paar Komplimente und Anbaggersprüche auswendig. Die kannst du dann anbringen, wenn es so weit ist. Ich mache es dir mal vor.«

Diesmal muss ich das Mädchen spielen. Gregor stellt sich vor mich, lächelt mich an und sagt: »Hey, ich bin froh, dass kein Filmproduzent und kein Model-Agent in der Nähe ist. Der würde dich nämlich sofort entführen und dich berühmt machen – so aber habe ich die Chance, ein wenig mit dir zu reden.«

»Oh«, sage ich daraufhin. Das habe ich doch schon mal irgendwo gehört.

»Geil, der Spruch, oder?«, fragt Gregor.

»Klar, ist echt beeindruckend.«

Gregor grinst. »Ich habe noch mehr auf Lager. Zum Beispiel den hier: Ich habe immer gewusst, dass es Engel gibt. Aber jetzt habe ich zum ersten Mal einen gesehen. Hoffentlich fliegst du nicht gleich wieder weg...«

»Doppel-Oh«, sage ich. Diesmal mischt sich in meine Überraschung auch Ärger und Wut. Kann es sein, dass Robert Maschmann, der Flirtmeister Nr. 1, der größte Mädchen-Experte der Schule seine Tricks ganz einfach hier in der Flirtschule gelernt hat?!

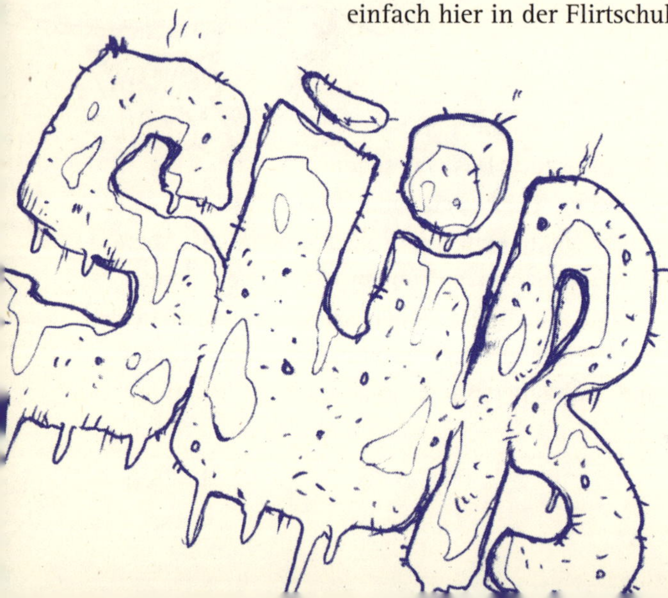

»Kanntest du den etwa schon?«, fragt Gregor, dem meine seltsame Reaktion nicht entgangen ist.

»Allerdings«, sage ich.

»Kein Problem. Dann zeige ich dir jetzt meinen besten Spruch. Den musst du dir unbedingt merken, der funktioniert nämlich immer.«

Wir beginnen das Spiel von vorne und diesmal sagt Gregor Folgendes: »Ich hatte mein ganzes Leben lang das Gefühl, auf irgendjemanden zu warten. Und jetzt bin ich zum ersten Mal davon überzeugt, dass ich ihn gefunden habe. Und weißt du, wer dieser jemand ist? Du!«

»Wow. Der ist wirklich gut«, sage ich und meine es ernst. Der Spruch gefällt mir. Wenn ich den Charleen gegenüber bringe, wäre das nicht einmal gelogen.

48.

Am Abend steht der große Praxisteil auf dem Programm. Gemeinsam mit Gregor gehen wir in eine Bar. Jeder von uns soll sich ein Mädchen aussuchen und seine neuen Flirttechniken austesten. Ich sehe mich suchend in der Bar um – und dann klappt mir die Kinnlade runter, als hätte mir ein Schnellchirurg mal eben die Kiefermuskeln herausoperiert. . Sie sitzt mit Larissa von Eckstein und Tanja Pelmini an einem Tisch in der Ecke. Der Wahnsinn! Das hier ist also gar kein Training – das hier ist der Ernstfall.

Gregor, dem mein seltsamer Gesichtsausdruck nicht entgangen ist, sieht mich besorgt an. »Felix! Alles in Ordnung mit dir?«

»Da... da... da...«, stottere ich und zeige in Charleens Richtung.

»Die ist süß, die Kleine. Und verdammt hübsch. Aber so eine ist ’ne Nummer zu groß für dich, Sportsfreund. Bei so einer kann nur ein Profi landen«, erklärt er fachmännisch.

»Aber... aber... DAS IST SIE.«

»Du meinst, das Mädchen, in das du verliebst bist?«, fragt Gregor erstaunt.

»Genau.«

Gregor schluckt. »Okay, das ist natürlich etwas anderes. Dann geht's jetzt ums Ganze. Vergiss nicht, was wir besprochen haben. Gib dich als Winner. Immer lächeln, immer höflich sein, immer an dich selbst glauben. Und dann bring ihn, den ultimativen Flirtspruch – die Atombombe unter den Anbaggersprüchen. Du erinnerst dich doch noch daran, oder?!«

»Klar«, sage ich.

Gregor gibt mir einen Schubs in Charleens Richtung. Aber genau in diesem Moment geht die Tür auf und herein kommt – Robert Maschmann. War ja klar. Fluch und Doppelfluch!

Robert sieht mich an, ich sehe ihn an – und dann beginnt eine Art Wettrennen zu Charleens Tisch. Dumm nur, dass die Bar ziemlich voll ist und unser Wettlauf einige Crashs zur Folge hat. Ich stoße zum Beispiel auf halbem Weg den Kellner an, der ein voll beladenes Tablett balanciert, das samt Inhalt auf dem Tisch einer Vierergruppe landet. Robert wiederum knallt mit zwei Leuten zusammen, deren Cocktails sich über den Abendkleidern von zwei älteren Damen ergießen.

In der ganzen Bar bricht ein Riesengeschrei aus. Die Gäste geben sich gegenseitig die Schuld an dem Chaos, der Kellner versucht zu schlichten, wird daraufhin aber nur selbst angepöbelt. Es fehlt nicht viel und in der Bar wird eine Massenschlägerei ausbrechen ...

Aber davon lassen sich weder Robert noch ich beirren. Nicht jetzt, so kurz vor dem Ziel.

Wir sind beide ziemlich außer Atem, als wir schließlich vor Charleen und den anderen Mädchen stehen.

»Na?! Geht's euch gut, Jungs?«, fragt Charleen lächelnd. Sie trägt ein enges Stretch-Kleid und sieht einfach zum Anbeißen aus.

»Wenn ich dich sehe, geht's mir immer gut«, sagt Robert.

»Ist ja witzig, das wollte ich auch gerade sagen«, sage ich. Nicht gelogen – denn auch den Spruch haben wir vorhin von Gregor gelernt.

Robert beugt sich weit zu Charleen vor und sagt mit Säuselstimme:

»Außerdem möchte ich dir noch etwas sagen.«

»Ich auch«, sage ich und beuge mich ebenfalls zu ihr.

Charleen lächelt. »Nun, ich möchte keinen von euch bevorteilen – dann sagt mir doch einfach beide gleichzeitig, was ihr mir zu sagen habt.«

Robert und ich sind einverstanden, also beginnen wir auf drei und sagen dann gleichzeitig wie ein gut geprobtes Gesangs-Duo: »Ich hatte mein ganzes Leben lang das Gefühl, auf irgendjemanden zu warten. Und jetzt bin ich das erste Mal davon überzeugt, dass ich ihn gefunden habe. Und weißt du, wer dieser jemand ist? Du!«

Als wir zu Ende gesprochen haben, herrscht eine seltsame Stille am Tisch. Robert und ich starren erst Charleen an und dann uns. Kurz darauf brechen Charleen, Larissa und Tanja in schallendes Gelächter aus. Und Tanja sagt: »Seid ihr vielleicht Zwillinge und wisst es nur nicht? Die sollen ja auch oft die gleichen Dinge tun und sagen.«

Robert verzieht den Mund: »Ich? Zwilling mit dem da? Niemals.«

»Never ever«, sage ich.

In diesem Augenblick tritt Gregor hinter uns. »Hey, Jungs – wie läuft es? Alles roger? Ach, ihr kennt euch? Ja, der Robert war schon vor Monaten bei mir im Kurs und lässt sich seitdem von mir coachen. Scheint so, als wenn ihr Konkurrenten wärt, was? Tja, das lässt sich nicht vermeiden. Auf dass der Bessere gewinne.«

»Wer ist der denn?«, fragt Charleen irritiert und deutet auf Gregor.

»Das ist … äh … also …« Zum ersten Mal erlebe ich, dass Robert stottert.

»Das ist unser Flirt-Coach«, erkläre ich. Warum lügen? Es ist sowieso alles zu spät nach diesem katastrophalen Auftritt.

Charleen lacht laut auf. »Na, wenigstens bist du ehrlich, Felix.

Und jetzt, Jungs, macht bitte einen Abgang. Ich finde euch zwar ganz süß – aber zusammen sein möchte ich wirklich mit keinem von euch.«

»Süß?!«, wiederholen Robert und ich wie aus einem Mund.

»Ja, besonders dich, Felix. Jedenfalls am Anfang. Dann nicht mehr. Weil du so komisch geworden bist. Und die ganze Zeit versucht hast, den da zu imitieren ...«

Sie wirft Robert einen abfälligen Blick zu. Eigentlich sollte ich mich ja darüber freuen. Aber seltsamerweise kann ich das jetzt auf einmal nicht mehr. Weil Robert Maschmann mir auf einmal leidtut, das erste Mal in meinem Leben. Eine solche Abfuhr hat sogar eine Schleimbacke wie er nicht verdient.

Ich stupse ihn daher in die Seite und sage: »Los, lass uns verschwinden, Robert.«

»Gute Idee. Felix. Hier haben wir wirklich nichts mehr verloren.«

49.

Schweigend gehen Robert und ich nebeneinander ein paar Schritte die Straße runter. Dann sehen wir uns an, nicken und setzen uns nebeneinander auf den Bordstein. Wir fühlen uns wie zwei Boxer, die den ganzen Abend im Ring gegeneinander geboxt haben. Es gibt keinen Sieger und keinen Verlierer. Völlig fertig sind wir trotzdem alle beide.

»Weißt du, was, Rohrbach? Charleen hat uns ganz schön verarscht. Wir hatten nie eine Chance bei ihr.«

Ich nicke. »Kann man so sagen. Obwohl… sie hat ja eigentlich nie etwas gesagt, oder? Vielleicht haben wir uns auch einfach nur selbst ein Bein gestellt?«

»Kann sein. Ist aber eigentlich auch egal. Es gibt genug andere Mädchen. Vergessen wir sie einfach.«

»Ich weiß nicht, ob ich das kann. Sie ist etwas Besonderes.«

»Schon«, stimmt er mir zu. »Aber trotzdem lohnt es sich nicht, dass wir uns wegen ihr bekämpfen oder lächerlich machen.«

Zum ersten Mal ist mir Robert Maschmann ein klein wenig sympathisch. »Einerseits hast du schon recht«, sage ich. »Andererseits war ich noch nie so sehr in ein Mädchen verknallt wie in Charleen.«

Robert sieht mich erstaunt an. »Du willst also selbst jetzt nicht aufgeben? Obwohl sie gesagt hat, dass sie nichts von dir will?«

»Weiß nicht. Vielleicht.«

»Na, dann viel Glück. Du wirst schon sehen, was du davon hast.«

50.

Am nächsten Morgen muss ich zu meiner Überraschung feststellen, dass sich über Nacht die ganze Welt auf den Kopf gestellt hat. Ich merke es in dem Moment, als ich den Schulhof betrete. Meine Mitschüler benehmen sich wie die Mitglieder eines Flamingoschwarms – sie drehen sich alle gleichzeitig und synchron zu mir um und starren mich an. Dann grinsen sie und geben ein respektvolles *Boa, da kommt Felix* von sich.

Dann kommt Musti auf mich zu und klärt mich auf, was hier abgeht. »Hey, Digger, geil, dich zu sehen. Bist ein Hero geworden, Felix-Dude. Ein Superstar, Mann. Gratuliere, Checker.«

»Kannst du mir mal verraten, was hier los ist? Ich kapier's nicht«, sage ich.

Musti will gerade anfangen, etwas zu erklären, als die Tür vom Hauptgebäude aufgeht und Toaster-Manni ins Freie tritt. Mit strammen Schritten kommt er auf mich zu und sagt schon von Weitem mit lauter Stimme: »Ah, da ist ja Felix, mein Lieblingsschüler. Lieber Felix, ich möchte dir ganz herzlich danken. Ich kann dir gar nicht sagen, wie stolz wir alle auf dich sind.«

51.

Der Flügelschlag eines Schmetterlings kann einen tropischen Wirbelsturm auslösen und damit den Lauf der Welt verändern … und eine nächtliche Sprayaktion an einer Schule kann das Leben eines 15-jährigen Jungen um hundertachzig Grad zum Guten wenden …

Die Folge unserer Aktion – einschließlich der Tatsache, dass ich erwischt wurde – war nämlich, dass Toaster-Manni mir eine Strafarbeit gegeben hat.

Ich musste in den zurückliegenden Wochen meine nächtlichen Sprayereien in ein großflächiges Wandgemälde umarbeiten. Toaster-Manni hat mir sogar die Farben bezahlt und mit mir an den Entwürfen gearbeitet.

Was er mir allerdings nicht erzählt hat, ist die Tatsache, dass er vergangene Woche Fotos von meinen Grafittis gemacht und an eine Kommission für kreative Schulgestaltung geschickt hat. Und diese Kommission hat nun ausgerechnet mein Wandgemälde unter Hunderten von

Einsendungen zum Sieger erklärt. Ich bekomme nicht nur tausend Euro Preisgeld und einen Handschlag vom Schulsenator unserer Stadt. Am Vormittag rückt in der Schule auch noch ein Kamerateam vom Lokalfernsehen an. Sie filmen mich vor dem Hintergrund meines Street-Art-Gemäldes und stellen mir allerlei Fragen darüber, wer ich bin, wie lange ich schon spraye und was ich sonst so mache usw.

Es ist der Wahnsinn. Gerade war ich noch der größte Chaot der Schule. Und schwups!, schon bin ich ein angesagter Typ, mit dem alle befreundet sein wollen. Und zwar wirklich ALLE.

Denn nach dem Interview passiert das Wunder. Larissa von Eckstein und die It-Girls rollen heran wie eine riesige Kosmetik-Lawine, die mich unter sich begräbt. Die ganze Clique, wirklich alle, kommen auf mich zu. Larissa, Tanja Pelmini, Sonja Nirumand und ungefähr noch zehn andere Mädchen, die hysterisch kreischen und sich dicht an mich drängen. Mir steigt so viel Parfum in die Nase, dass mir ganz schwindlig wird. Von den Blicken, die sie mir zuwerfen, will ich gar nicht sprechen.

Larissa von Eckstein gibt Tanja Pelmini einen Schubs und die flötet: »Hey, Felix. Das ist so cool, dass du ins Fernsehen kommst. Echt wow.«

»Freut mich, dass du dich freust«, sage ich.

Sie überlegt kurz und sagt dann: »Ja, freut mich, dass du dich freust, dass ich mich freue.«

Hey, sie ist doch schlauer, als ich dachte. »Und was genau willst du jetzt von mir, Tanja?«, frage ich.

Sie kichert. »Larissa gibt am Samstag eine Party. Und wir würden uns echt freuen, wenn du kommst. Ich kann dir übrigens verraten, dass Charleen auch da sein wird. Ich glaube, dass sie sich total freuen würde, dich dort zu sehen.«

»Du meinst die Charleen, die mir am Samstag einen Korb gegeben hat?«, frage ich erstaunt.

»Ach, ich glaube, sie hat es sich noch einmal überlegt, jetzt, wo du berühmt bist.«

52.

Am Samstag ist also meine große Chance. Ich darf sie nicht wieder so in den Sand setzen wie das letzte Mal. Hoffentlich geht das gut!

Wieder einmal zeigt sich, dass auf meine Freunde Verlass ist. In den Tagen bis zum Wochenende vollenden Lea und Musti ihre *Pimp-my-Felix-Show*. Sie verpassen mir den letzten Schliff. Lea und Prinz Thomas gehen mit mir einkaufen und suchen ein paar richtig coole Klamotten für mich aus. Musti schleppt mich zum Friseur, und der wäscht und schneidet mir nicht nur die Haare, sondern unterzieht mich einer kompletten kosmetischen Behandlung, gegen die sogar die Gurkenmaske von Prinz Thomas ein Witz war. Der Friseur zupft mir die Augenbrauen, putzt mir die Ohren aus, stutzt meine Nasenhaare und gibt mir anschließend sogar Tipps zum Schminken. Original. Sogar Jungs tun das heutzutage. Dezent, aber mit einem umwerfenden Erfolg.

Der Höhepunkt ist der Nachmittag, an dem meine Mom mir eine Kavaliers-Schulung gibt. Sie erklärt mir, wie man ein Mädchen richtig begrüßt, wie man ihr die Tür aufhält, wie man sich verhält, wenn man mit ihr zu Tisch sitzt, was man tut, was man sagt – und was man nicht sagt.

53.

Endlich ist Samstag. Der Tag der Party. Ich ziehe meinen neuen Smoking an, den Lea für mich ausgesucht hat, schlüpfe in die dazugehörigen Lackschuhe, schmiere mir Gel in die Haare und neble mich mit meinem neuen Rasierwasser ein.

Als ich anschließend vor den Spiegel trete, erkenne ich mich selbst fast nicht wieder.

Das, was mir im Spiegel entgegenblickt, ist Felix 2.0. Ich bin von mir selbst beeindruckt. Ich bin ein Typ, in den sich Spitzengirls wie Charleen verlieben könnten.

54.

Noch nie in meinem Leben war ich auf so einer Party. Ich fühle mich wie ein Alien, das zum ersten Mal auf der Erde gelandet ist. Alle Jungs hier tragen Anzüge oder Smokings und dazu Krawatten oder Fliegen. Die meisten haben außerdem Gel in den Haaren und riechen, als hätten sie zu Hause in Rasierwasser gebadet und danach eine Flasche Mundwasser getrunken. Die Mädchen stecken in glitzernden Abendkleidern mit teuren Broschen, tragen dazu funkelnden Schmuck an den Ohren oder um den Hals. Ziemlich stilvoll das Ganze – eher wie auf einem Ball als wie auf einer Party.

Alle Gäste, mit denen ich ein bisschen quatsche, behandeln mich, als wäre ich ein Popstar oder so. Sie reden über meinen Fernsehauftritt und darüber, dass Toaster-Manni mich ein Vorbild für andere Schüler genannt hat.

Trotzdem überlege ich, ob es nicht doch besser wäre, abzuhauen und zu Musti zu fahren, als sie plötzlich vor mir steht. Charleen.

»Ha ... ha ... hallo, Fe ... Felix«, sagt sie und verzieht seltsam den Mund.

»Hallo, Charleen. Alles okay mit dir?!«, frage ich verwundert.

»J ... a. klar. Danke. Ist nur ... na ja, ja, nein ... also ... ist toll, mit dir zu reden.«

Sie ist nervös. Staun und Doppelstaun. Das kann doch nicht wahr sein. Das Super-it-Girl, das bisher nichts aus der Fassung bringen konnte, kann plötzlich vor Nervosität nur herumstammeln. Und zwar weil sie mit mir redet! Außerdem schwitzt sie. Sichtbar.

Ich könnte mich totlachen.

»Gehts dir auch wirklich gut?«, frage ich übertrieben fürsorglich.

Sie gewinnt ihre Fassung zurück und sagt mit einem aufreizenden Lächeln: »Du bist jetzt berühmt, Felix. Das ist ja so cool. Ich bin echt begeistert.«

»Hast du dir mein Bild in der Schule angesehen. Gefällt es dir?!«

»Ach so, ja klar. Ist nicht so mein Ding. Street-Art. Aber ist ja auch egal. Ich meine, du willst doch nicht wirklich mal Künstler werden, oder?!«

»Wieso nicht?«, frage ich verwundert.

»Na ja, weiß nicht. Kann man damit Geld verdienen?!«

»Ist das wichtig?«

Sie lächelt und hakt sich bei mir ein. »Ach, darüber wollen wir jetzt gar nicht sprechen.«

Langsam schlendern wir in ein anderes Zimmer und setzen uns auf ein Sofa. Vorher besorge ich uns noch etwas zu trinken. Dann quatschen wir mindestens eine Stunde und ich stelle fest, dass ich bisher eigentlich gar nichts über Charleen wusste. Was schade ist. Weil es mir eine Menge Stress erspart hätte. Denn mit jedem Satz, den sie von sich gibt, spüre ich deutlicher, dass sie eigentlich nicht mein Fall ist. Denn genau wie alle anderen hier redet sie die ganze Zeit nur über morgen, nächste Woche, nächstes Jahr. Und über Jobs, Autos, Geld.

Könnte ich mit so einem Mädchen auch am See liegen und hoch zu den Sternen sehen – so wie ich es immer mit Musti und Lea getan habe? Niemals.

Diese Erkenntnis trifft mich wie ein Schlag. Abrupt stehe ich auf und sage zu Charleen: »Würdest du mich bitte entschuldigen. Ich habe was Dringendes zu erledigen.«

55.

Keine fünf Minuten später stehe ich auf der Straße. Ich reiße mir die Fliege vom Hals und werfe sie lachend ins Gebüsch. Es tut gut, wieder frei atmen zu können.

Keine zwanzig Minuten später stehe ich vor Mustis Haus. Aus dem Inneren höre ich Musik und leisen Partylärm. Offenbar haben er und Lea spontan beschlossen, ebenfalls zu feiern.

Ich sehe übrigens inzwischen nicht mehr so stylisch aus

wie vorhin. Während ich hierhergejoggt bin – endlich weiß ich, wofür das dämliche Training gut war –, habe ich einen Schuh verloren. Außerdem bin ich mir ein paar Mal auf den Saum der Smokinghose getrampelt, bis sie gerissen ist und sich in eine Art Fransenlook verwandelt hat. Dasselbe gilt für meine Frisur. Das Gel hat sich beim Laufen mit meinem Schweiß vermischt und so sind auf meinem Kopf innerhalb von nur zwanzig Minuten so etwas Ähnliches wie Dreadlocks entstanden.

Als Musti die Haustür öffnet, starrt er mich ungläubig an, grinst dann fett und sagt: »Willkommen zurück, Alter.«

»Heißt das, ihr nehmt mich zurück? Ich darf wieder mit euch abhängen? Und ihr verzeiht mir den ganzen Mist, den ich gebaut habe?«

»Was redessu, Alter? Bist du mein Freund oder was? Komm rein, vergessen wir die ganze Geschichte, Digger. Obwohl... wie Lea denkt, weiß ich nicht. Mussu selbst fragen.«

Musti dreht sich um und ruft nach Lea, aber die steht schon hinter ihm. Sie schiebt sich die Haare aus dem Gesicht, grinst mich ebenfalls an und sagt: »Ich freue mich voll, dass du wieder da bist, Felix. Mehr als ich dir sagen kann.«

»Ich möchte mich bei dir entschuldigen. Mir ist so einiges klar geworden und...«

»Vergiss es, Felix. Es war bizarr, aber ich glaube, wir haben alle was daraus gelernt.«

56.

Den Rest des Abends hängen wir bei Musti rum, dann fahren wir mitten in der Nacht mit den Fahrrädern raus zum See. Wir hocken uns auf einen alten Baumstamm und blicken aufs Wasser hinaus, in dem sich die Sterne spiegeln.

Schließlich sage ich: »Lasst uns irgendeine Scheiße bauen, Leute. Irgendetwas Großes.«

Musti schnaubt. »Hassu vergessen, wie letztes Mal gelaufen ist?! Haben wir nicht noch mal son Glück.«

»Was schwebt dir denn so vor?«, fragt Lea.

»Keine Ahnung«, erkläre ich. »Wie wäre es mit Abhauen?!«

»Und wohin?«, fragt Lea.

»Weit weg. Australien. Südsee. Die Richtung.«

Musti fängt wieder an zu grinsen. »Yo, Mann. Klingt nicht schlecht.«

»Klingt sogar verdammt gut«, sagt Lea.

»Dann los! Jeder Weg fängt mit dem ersten Schritt an.«

IN DER FAULHEIT LIEGT DIE KRAFT

Geniale Chaoten fallen nicht vom Himmel

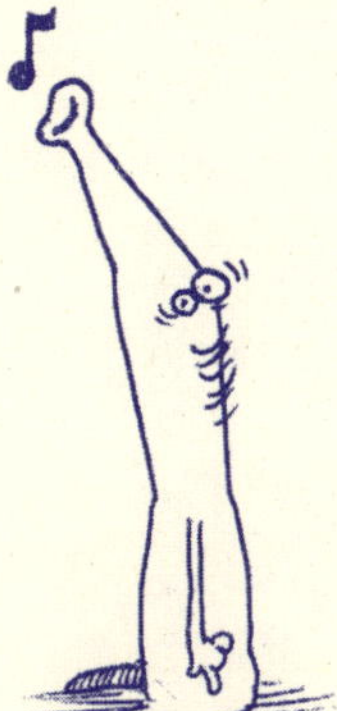

schnarch
+
doppelsch

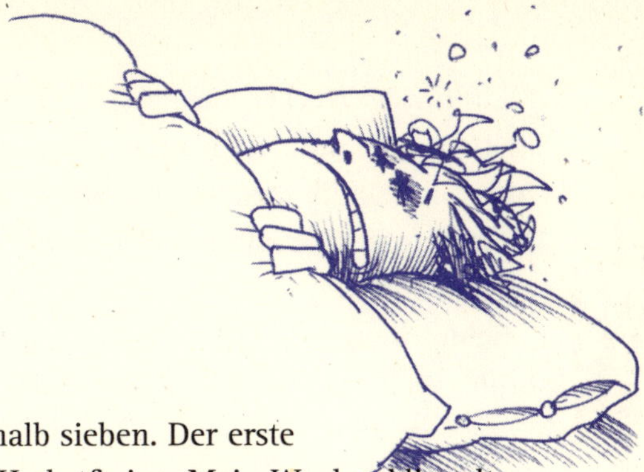

1.

Montagmorgen, halb sieben. Der erste Schultag nach den Herbstferien. Mein Wecker klingelt.

Ping Ping Ping Ping

Ich öffne ein Auge. Um genau zu sein, das linke. Boooaaah, ist das anstrengend. Mein Augenlid wiegt mindestens fünf Tonnen. Ich schaff's nicht. Schon gar nicht um diese Uhrzeit.

Linkes Auge wieder zu. Ratazong – Schlag auf die Snooze-Taste. Weiterschlafen. Aah, ist das schön!

Ping Ping Ping Ping
Dongel Dongel Dongel Dongel

Mein zweiter Wecker beginnt zu klingeln, im Kanon mit dem ersten. Ich öffne wieder ein Auge. Diesmal das rechte. Geht auch nicht. Scheint zugenäht zu sein.

Macht nix. Ratazongzong. Weiterschlafen. Gähn und Doppelgähn!

Ping Ping Ping Ping
Dongel Dongel Dongel Dongel
Rarü Rarü Rarü Rarü

Mein dritter Wecker meldet sich zu Wort. Beide Augen auf. Langsam wird's ätzend. Aber ich schaffe das. Ich bin ein Meister in der Kunst, das Weckerklingeln zu überhören.

Beide Augen wieder zu. Ratazongzongzong. Stille. Weiterschlafen. Grunz und Doppelgrunz!

Ping Ping Ping Ping
Dongel Dongel Dongel Dongel
Rarü Rarü Rarü Rarü
Rintintin Rintintin Rintintin

Wecker Nr. 4. Oh Gott, lass mich taub werden!

Ping Ping Ping Ping
Dongel Dongel Dongel Dongel
Rarü Rarü Rarü Rarü
Rintintin Rintintin Rintintin
Bäö Bäö Bäö Bäö

Wecker Nr. 5. Im Zimmer herrscht ohrenbetäubender Lärm. Aber ich bin Profi. Ich bin der talentierteste Trotz-Schule-im-Bett-Liegenbleiber der Welt. Wäre Nicht-Aufstehen eine olympische Disziplin, hätte ich längst die Goldmedaille!

Augen wieder zu. Ratazongzongzongzong. Aaaah! Träum und Doppelträum!

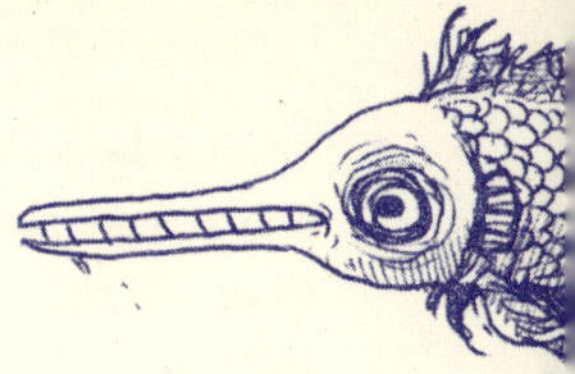

2.

Es ist kurz nach acht und ich liege immer noch im Bett. Ich werde gnadenlos zu spät kommen. Das ist schlimm und doppelschlimm. Unter anderem wegen meiner Eltern! Sie glauben nämlich an mein Schwör-bei-meiner-Seele-Versprechen, dass ich ab sofort jeden Morgen pünktlich in der Schule erscheine! (Weswegen sie auch aufgehört haben, mich durch heftiges Schlagen an die Zimmertür zu wecken.)

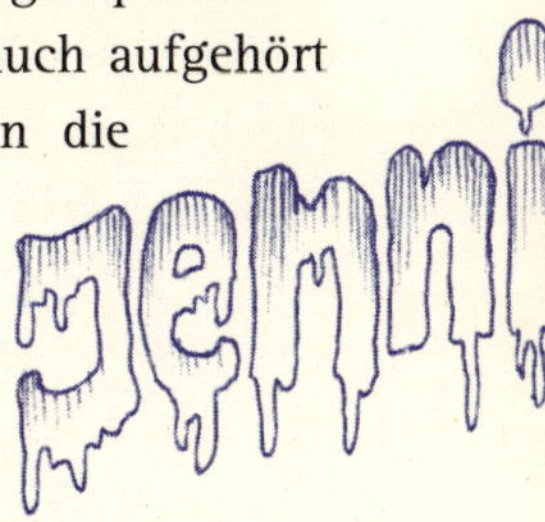

Dann passiert es. Meine Zimmertür wird aufgerissen und ein 1,65 Meter großer Kotz-Tsunami wälzt sich in den Raum. Er hört auf den Namen Jack Russel und ist in Wahrheit meine ein Jahr jüngere Schwester Jenni.

»Mann, Felix, du nichtsnutziger schimmelansetzender Weichfleisch-Lappen, dessen Gene vom Schrottplatz stammen müssen! Steh endlich auf! Wie hirntot muss man eigentlich sein, um bei dem Lärm schlafen zu können?!«

Grins und Doppelgrins! Ich öffne wieder ein Auge – das linke –, sehe meine Schwester an und sage: »Danke, Jack, jetzt bin ich wirklich wach. Meine Wecker kann ich zwar ignorieren. Deine

Vuvuzela-Stimme treibt aber sogar mich aus dem Bett!«

Ich setze mich im Bett auf, rekle mich wie ein Waschbär nach dem Winterschlaf, gähne wie ein schwarzes Loch im Zentrum der Galaxie, kratze mir den Bauch und will gerade aufstehen … aber dann merke ich, was für ein obermieser Negativ-Antimaterie-Weltzerstörungsplan das ist, den ich sofort aufgeben muss.

Stattdessen lege ich mich wieder hin, ziehe mir die Decke bis unters Kinn und schlafe wieder ein. Seufz und Doppelseufz!

3.

Pünktlich zur großen Pause – also zwei Stunden zu spät – betrete ich den Schulhof. Ich habe richtig gute Laune, weil ich nach den Ferien endlich meine Freunde wiedersehen werde!

Ich will gerade durchs große Tor aufs Schulgelände flutschen, als mich eine Stimme aus einer Mauernische anbazookert: »Halt, Felix Rohrbach. Bleib stehen, Freundchen! Wo kommst du denn um diese Uhrzeit her?!«

Es ist Mrs Ironfist, meine Englischlehrerin, die heute Pausenaufsicht hat! Mist und Doppelmist!

Mrs Ironfist heißt eigentlich Frau Schuster und ist an der Schule ungefähr so beliebt wie der *Joker* bei den Bewohnern von Gotham City. Ich wiederum bin bei Mrs Ironfist so beliebt wie Batman bei der Liga der Superschurken.

»Also, Felix, ich höre! Warum bist du wieder mal zu spät?!«

Ich zwinge meine Mundwinkel zu einer mikroziösen Aufwärtsbewegung. Will ja höflich sein. Dann sage ich mit Säuselstimme: »Ich wollte pünktlich kommen, Frau Schuster! Schwör und Doppelschwör! Aber leider wurde ich aufgehalten. Erst wurde meine Schwester vor der

Haustür von einem Zwanzigtonner überfahren und ich musste sie wiederbeleben! Dann rief Christopher Nolan an und fragte, ob unser Hund die Hauptrolle in der neuen Tierfassung von Batman spielen könnte, Sie wissen schon: *The bark Knight.* Auf dem Weg zur Schule wollten mich dann zwei mauretanische Sklavenhändler entführen, um mich in den Männer-Harem von Prinzessin Leia von Alderaan zu verkaufen. Dann war dieses schreckliche Erdbeben in unserem Stadtteil und schließlich ging auch noch mein Schuh auf…«

Mrs Ironfist sieht mich leicht verwirrt an. »Felix, Felix, Felix. Ich frage mich wirklich, wo das mit dir noch enden soll…«

»Gute Frage, Mrs I. Die stelle ich mir auch ständig. Also am liebsten würde ich natürlich auf einem Regiestuhl in Hollywood enden und eine internationale Filmkarriere hinlegen. Oder ich…«

»FELIX ROHRBACH! Halt deine Klappe oder ich vergesse mich!«

»Sie vergessen sich, Mrs I?! Sie Arme! Haben Sie vielleicht Alzheimer? Das tut mir wirklich leid! Man kann da ja leider wenig gegen machen und…«

»Aaaaaargghhh…«

Ihre letzten Worte gehen in einem seltsamen Gurgeln unter. Ich mache mich aus dem Staub. Sicher ist sicher.

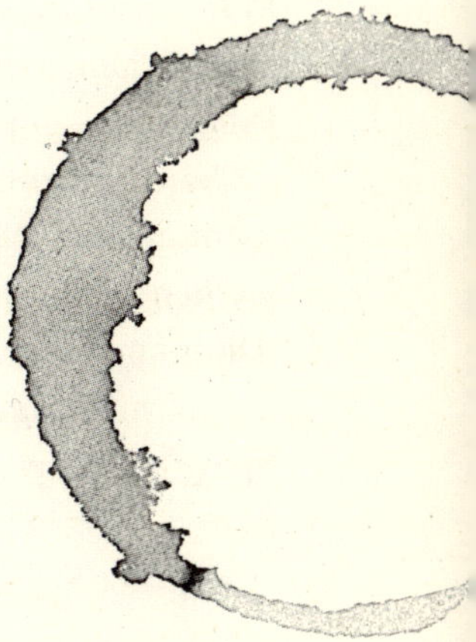

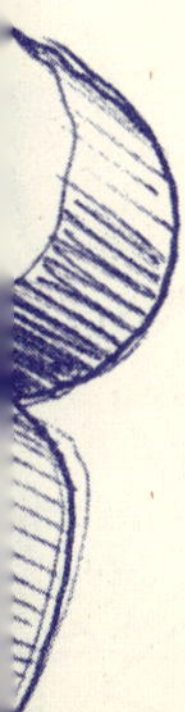

4.

Eigentlich hatte ich mir vorgenommen, durch die zwei Monate bis zu den Weihnachtsferien so glatt hindurchzuflutschen wie ein Rennbob durch den Eiskanal. Keine Probleme, keine Schwierigkeiten, kein Chaos.

Mein Sündenkonto ist nämlich voll. Ich kann mir nichts mehr leisten! Wenn ich noch ein einziges Mal Mist baue, werden meine Eltern mich garantiert vierteilen und zur Adoption freigeben. Anschließend werden sie die NASA bitten, mich auf einem unbewohnten Planeten im Outer Space auszusetzen. (Deswegen dürfen sie auch nicht erfahren, dass ich schon wieder zu spät gekommen bin!)

Aber der Schuss geht leider nach hinten los.

10:45 Uhr: Toastermanni, unser Schuldirektor, bestellt mich in sein Zimmer und faltet mich wegen der Sache mit Mrs I. zusammen. Fühle mich dabei wie ein Stück Origami-Papier.

11:08 Uhr: Streite mich mit Robert Maschmann, der größten lebenden Schleimterrine seit Erfindung des Haargels. Robert ist so intelligent wie eine Bettwanze mit Lockenwicklern, aber leider sind seine drei Gehirnzellen von einer gut aussehenden Hülle umgeben. Hot und

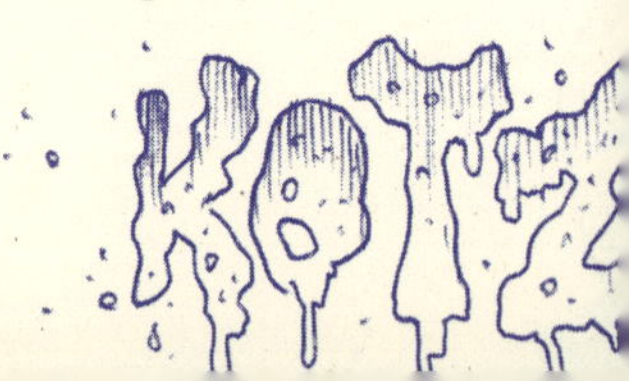

Doppelhot! Was bei mir zu Kotz und Doppelkotz führt!

11:14 Uhr: Bekomme von Rebecca Maccaroni, der aktuellen Freundin von Robert, eine geknallt. Sie verteidigt ihren Loverboy und meint, so dumm wäre Robert gar nicht. Ich stimme ihr zu, dass er möglicherweise doch vier oder sogar fünf Gehirnzellen hat.

12:36 Uhr: Verfasse die schriftliche Hausarbeit über die Gedichte der Sturm- und Drangzeit (die wir in den Ferien schreiben sollten) in fünf Minuten unter der Bank. Herr Bommel, unserer Lehrer, erwischt mich – die erste Sechs des Tages.

13:15 Uhr: Bekomme von Frau Brettschmied, der Chefköchin unserer Schul-Caféteria, beinahe eins mit der Suppenkelle über den Schädel gezogen – nur weil ich behaupte, dass ihr Hühnerfrikassee ein kulinarischer Terroranschlag auf meine Geschmacksnerven ist.

Kurz und gut: Als endlich die Schulklingel den lang ersehnten Feierabend einläutet, sehe ich aus wie Bruce Willis in den Endsequenzen von *Stirb Langsam I – IV*.

Außerdem sind meine guten Vorsätze dahingeschmolzen wie die Polkappen.

Aber frustriert mich das wirklich? Im Gegenteil! Tief in meinem Inneren spüre ich das Felix-Rohrbach-Chaoten-Kribbeln. Ganz klar: Es ist höchste Zeit für einen genialen, noch nie da gewesenen Super-Gau!

5.

Die Gelegenheit dazu wittere ich keine fünf Minuten später. Meine Adleraugen erspähen meinen besten Freund Musti, der seine zwei Zentner Körpergewicht gerade in Richtung Bushaltestelle schiebt.

Zu Musti muss man Folgendes wissen: Er heißt eigentlich Mustafa Ködölötöfö und sein Körper gleicht einem Airbag nach einem Auffahrunfall, weil er leider an nichts Essbarem vorbeigehen kann, ohne es sofort in sich hineinzuschaufeln.

Musti ist der einzige Mensch, den ich kenne, der einen ganzen Döner essen kann – nein, kein Döner-Sandwich. Einen Döner-Spieß!

Musti träumt von einer Karriere als Gangsterrapper à la Tupac Shakur oder Notorious B.I.G. – allerdings kann Musti weder singen noch rappen noch tanzen noch ein Instrument spielen. Aber das ist ihm egal. Er glaubt an sich selbst.

Außerdem ist Musti einfach ein super Typ. Mein bester Freund halt.

»Hey Musti. Warte auf mich. Ich brauch dringend eine Notfallration

gute Laune. Hast du was im Angebot?«, rufe ich ihm hinterher.

Musti grinst wie ein Halloween-Kürbis. Dann fuchtelt er rappermäßig mit den Fingern in der Luft herum und sagt: »Ey Checker, bist du voll richtig bei mir, weissu?! Habisch krass gute Idee für gute Laune. Hörssu, Alter. Plan sieht so aus…«

Und dann erklärt mir Musti, was er sich für diesen Abend vorgenommen hat. Ich höre ihm mit offenem Mund zu. Das, was Musti da vorschlägt, riecht auf hundert Meilen gegen den Wind nach ernsten Schwierigkeiten.

Aber was mach ich? Ich sage zu Musti: »Guter Plan. Ich bin natürlich dabei. Das wird super! Freu und Doppelfreu.«

6.

Am Abend treffen wir uns mit Abdi, der eigentlich Abdullah heißt. Er ist Mustis Cousin siebenundneunzigsten Grades.

Im Unterschied zu Musti träumt Abdi nicht nur davon, ein Gangster-Rapper zu sein – er IST ein Gangster-Rapper. Ich habe fast ein bisschen Angst vor ihm, was ich aber natürlich niemals zugeben würde.

Abdi wartet vor einem Laden in der Innenstadt auf uns. Als er Musti und mich entdeckt, zieht er den Bund seiner Baggy Pants und den Rotz in seiner Nase hoch. Er wirft mir einen seltsamen Blick zu und sagt zu Musti: »Abu! Warum bringst du den Waschlappen mit? Haben wir nix von besprochen, Alter.«

Musti winkt ab. »Chill, Abdi. Ist Felix voll in Ordnung. Ist bester Freund, wo ich habe. Hassu gesagt, wir gehen sprayen. Felix ist bester Sprayer, wo gibt. Ist Sprühdosen-Picasso, weissu?!«

Abdi mustert mich etwas wohlwollender. Angeblich ist er nur ein Jahr älter als wir, also sechzehn, aber er könnte auch fünfunddreißig oder so sein. Schluck und Doppelschluck.

»Hey, Musti. Kein Problem, ich fahre einfach wieder nach Hause«, sage ich.

Musti will gerade etwas erwidern, aber Abdi hebt die Hand. »Langsam, Alter. Bissu hier, kommssu mit. Bissu Freund Musti, bissu Freund Abdi. Yo?«

»Yo«, sage ich.

»Yo«, sagt Musti. Und schiebt dann noch hinterher: »Ich habe übrigens Hunger.«

7.

Wenig später sitzen wir in einem China-Imbiss und Musti stopft die komplette chinesische Jahresernte an Frühlingsrollen in sich rein. Ich trinke eine Cola, Abdi ein Bier.

Was Musti vorhin über meine Spraykünste gesagt hat, ist nicht gelogen. Ich habe schon an so mancher Mauer unserer Stadt meine Tags und Pieces hinterlassen und ich weiß, dass ich viele Fans habe – nur wissen die meisten nicht, wer ich in Wahrheit bin. Kommt nicht gut, Sprayereien mit seinem echten Namen zu signieren.

Während Musti sich als Hauptspeise drei halbe Enten süß-sauer und ein paar Portionen gebratene Nudeln reinschaufelt, erläutert Abdi den Plan.

»Steigen wir ein in alte Fabrik, Dig-

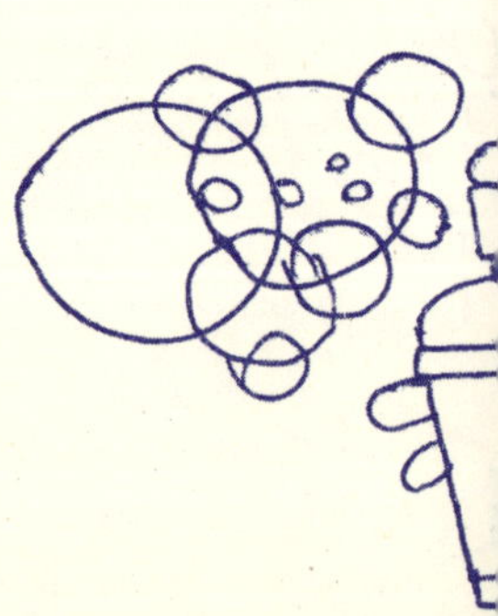

gers. Gibt so viele Mauern dort, können wir hundert Nächte sprayen.«

»Und da laufen keine Nachtwächter rum?«, frage ich.

»Bissu Pussy oder was?! Gibt keine Nachtwächter, habisch gecheckt, schwörisch.«

»Dann ist ja gut«, murmle ich und habe alles andere als ein gutes Gefühl bei der Sache.

8.

Um kurz vor Mitternacht sind wir auf dem Fabrikgelände. Musti und ich haben uns mal wieder in Ninjas verwandelt, mit schwarzen Klamotten und schwarzen Masken. Heutzutage muss man immer damit rechnen, bei einer Aktion gefilmt zu werden. Und wir wollen schließlich inkognito bleiben.

Abdis Verkleidung besteht aus einem einzigen Basecap mit einem *Miami-Heat*-Logo drauf. LeBron James würde sich schämen!

Musti und ich machen uns an die Arbeit. Wir knöpfen uns eine gigantische Ziegelwand vor und bringen dort unsere Tags in einer gigantischen Ausführung an:

Ich halte die ganze Sache immer noch für alles andere als risikofrei. Das Fabrikgelände wirkt nämlich gar nicht so verlassen, wie Abdi behauptet hat. Im Gegenteil, sieht

fast so aus, als wäre das hier eine ganz normale Firma, in der tagsüber gearbeitet wird.

Ich beschließe, die Augen offen zu halten. Späh und Doppelspäh!

Eine halbe Stunde später sind unsere Tags und auch ein Piece fertig.

»Wo ist eigentlich Abdi?«, frage ich Musti.

»Weiß nicht, Alter. War grade noch da vorne.«

In diesem Augenblick kommt Abdi aus einer der Lagerhallen, zu der er sich vorhin unsanft Zutritt verschafft hat. Er trägt etwas Schweres, das ich in der nächtlichen Dunkelheit nicht erkennen kann.

»Los, Alters. Geht ihr in Halle, stehen Kisten. Helft ihr tragen«, zischt er uns zu.

»Was für Kisten?«, frage ich.

»Egal, machssu schnell.«

»Ich will aber wissen, was für …«

Abdi spuckt auf den Boden und sagt: »Hältst du Klappe, Alter. Trägst du Kisten besser, Checker. Sonst …«

»Sonst was?«, frage ich.

»Sonst machisch disch Scholle.«

Abdi macht mir mit einem Blick klar, dass er es ernst meint. Schwitz und Doppelschwitz! So hatte ich mir die Nacht nicht vorgestellt.

Musti, der jetzt auch checkt, was hier abgeht, schiebt sich zwischen mich und

seinen Cousin. »Was machst du Scheiße, Abdi? Ist keine Spray-Aktion, oder? Ist scheiß Einbruch, habisch recht?!«

»Warum machst du Stress, Cousin?! Trägst du Kisten. Hauen wir ab. Ist alles easy.«

»Nix ist easy«, antwortet Musti.

In diesem Augenblick hören wir ganz in der Nähe eine tiefe Männerstimme: »Bei Fuß, Kingkong! So benimmt sich doch kein braver Dobermann! Oder hast du etwa eine Spur gewittert? Soll ich dich vielleicht von der Leine lassen? Wollt ihr auch, Brutus, Godzilla und Saruman? Ich weiß ja, wie gerne ihr gemeinsam auf die Jagd geht ...«

Dann flackert auch schon eine Taschenlampe auf, deren Lichtkegel in unsere Richtung schwenkt. Unsere Augen ploppen auf Tennisball-Größe und binnen Sekunden breitet sich eine Angstschweiß-Pfütze um uns aus.

Vier Dobermänner – und die werden gleich von der Leine gelassen ... Ich werde nicht als Scholle enden, sondern als Hundefutter.

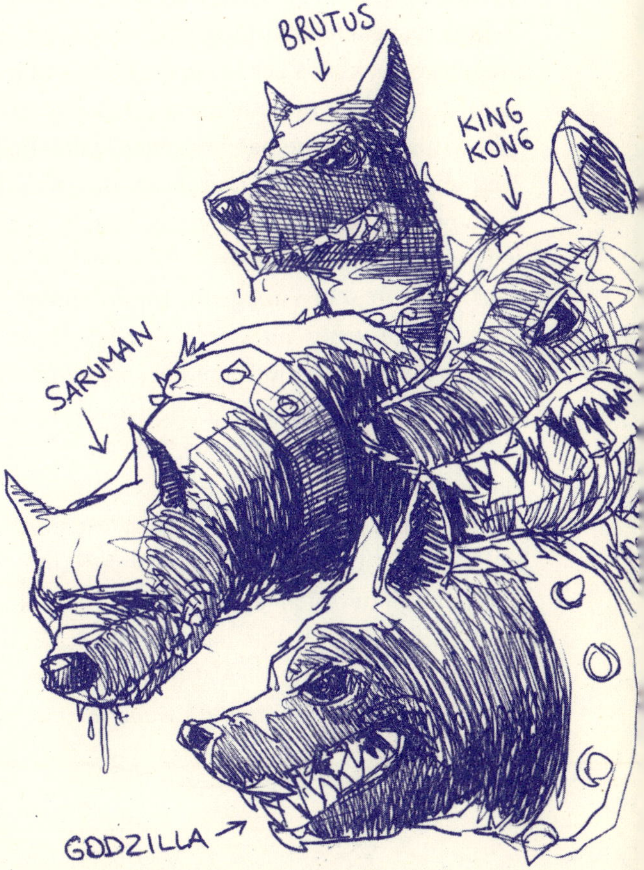
BRUTUS
KING KONG
SARUMAN
GODZILLA

FELIX

9.

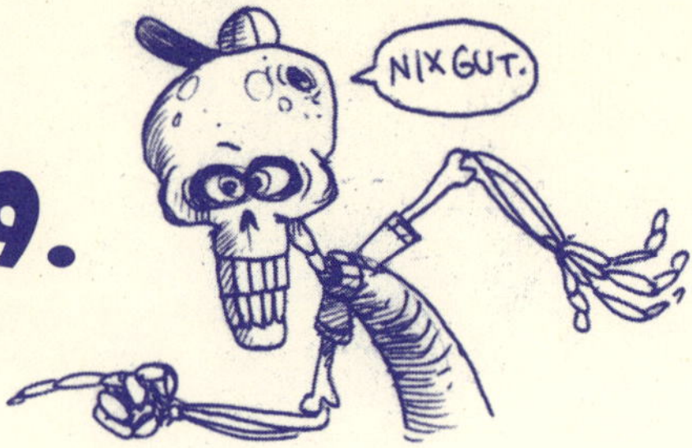

Ich habe mich noch nie so sehr darüber gefreut, in meinem eigenen Bett zu liegen, wie in dieser Nacht!

Kann es immer noch nicht glauben, dass ich nicht im Gefängnis gelandet bin, sondern wohlbehütet zu Hause – und das obwohl uns der Nachtwächter vorhin am liebsten an Ort und Stelle in Ketten gelegt hätte.

Er hatte uns nur wenige Sekunden später im Licht seiner Taschenlampe entdeckt und ließ sofort seine Dobermänner von der Leine. Während die Hunde uns umkreisten wie eine Horde Orks, plärrte er irgendein unverständliches Zeug in sein Funkgerät. Dann kam er auf uns zu. »Wen haben wir denn hier? Ein paar miese kleine Einbrecher. Da werden sich eure Eltern aber freuen, wenn sie euch morgen früh von der Polizeiwache abholen.«

Verdammt, wir saßen in der Scheiße. Und zwar bis zur Halskrause!

Zum Glück kam mir in diesem Moment eine Felix-Rohrbach-Genie-Idee. Blitz und Doppelblitz!

Ich räusperte mich und sagte zu dem Nachtwächter: »Hören Sie, Sheriff. Das ist ein großes Missverständnis. Wir sind keine Einbrecher. Wir sind von der *Gesellschaft zur Überprüfung der Arbeitsleistung übermüdeter Nacht-*

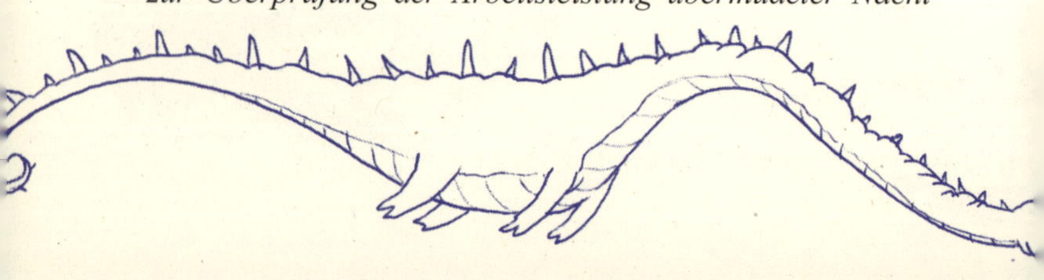

wächter und führen eine Routineuntersuchung durch. Tja und wie es aussieht, werden Sie eine Triple-X-Bewertung bekommen.«

»Und was soll das heißen?«, fragte der Nachtwächter eher amüsiert, aber auch eine klitzekleine Spur beunruhigt.

»Das heißt, dass Sie morgen früh entlassen werden und mit einer Anklage wegen akuter Faulheit rechnen müssen. Immerhin konnten wir unter Ihren nichtssehenden Tintenfischaugen eine ganze Wand besprühen und dann auch noch diesen Test-Einbruch in der Lagerhalle durchführen. Ich glaube, Ihnen könnte man sogar die Daunen aus dem Kopfkissen klauen, auf dem Sie schlafen.«

Der Nachtwächter sah mich erstaunt an und brach in ein seltsames Lachen aus.

Dann rückte er so dicht an mich heran, dass sich fast unsere Nasenspitzen berührten. So leise, dass nur ich es hören konnte, sagte er: »Hör zu, mein Junge. Du scheinst ein lustiger Kerl zu sein, der zufällig in schlechte Gesellschaft geraten ist. Sei froh, dass ich einen Sohn in deinem Alter habe und darum weiß, wie schnell man in eurem Alter Schwierigkeiten bekommt. Ich schlage vor, dass ihr die Kisten ganz schnell wieder zurück in die Halle bringt. Und da vorne stehen ein paar Eimer mit weißer Farbe und Pinsel – von euren Schmierereien will ich morgen früh nichts mehr sehen. Wenn ihr damit fertig seid, haut ihr besser

ab. Und zwar so schnell, dass sogar Usain Bolt euch nicht einholen könnte. Haben wir uns verstanden?!«

»Voll und ganz, Sir!«, sagte ich und war unendlich erleichtert.

Nur zwei Stunden später standen wir draußen auf der Straße. Wir waren total geschafft von der Streichaktion. Außerdem sahen wir aus wie Paula-Kuhflecken-Joghurt, weil wir voller Farbkleckse waren. Muh und Doppelmuh!

Trotzdem fühlten wir uns erleichtert, weil wir noch einmal mit heiler Haut davongekommen waren. Musti erklärte seinem Cousin, was für ein hinterhältiger Stinklappen er sei und dass er ihn nie wiedersehen wolle. Dann sahen Musti und ich uns an und grinsten uns ins Nirwana.

10.

Am nächsten Morgen sitze ich am Frühstückstisch und bin so müde wie ein von der Tsetsefliege gestochenes Faultier.

Jack Russel, also Jenni, schiebt sich einen Toast rein und fragt mit einem diabolischen Lächeln: »Wo warst du eigentlich letzte Nacht, Bruderherz?«

»Im Bett natürlich«, antworte ich und forme danach mit den Lippen lautlos folgende Worte: *Halt die Klappe, Wurstgesicht, Mom und Dad hören zu.*

Tatsache! Unsere Eltern sitzen mit am Tisch und sehen mich misstrauisch an. Die beiden sind zwar eigentlich ganz in Ordnung, aber sie sind auch nicht blöd und wissen genau, dass mein zweiter Name *Probleminator* ist.

Jenni grinst nur: »Komisch, als ich gestern Nacht ins Bad musste, kam es mir so vor, als wäre dein Zimmer verlassen.« *Jetzt bist du dran, du in Kaugummi getretene Pantoffelsohle,* gibt sie mir lautlos zu verstehen.

»Ist mir auch aufgefallen, dass du in letzter Zeit nachts immer pinkeln musst, Jenni. Liegt das daran, dass du heimlich so viel Alkohol trinkst?« *Wenn du Krieg willst, bekommst du Krieg, du Evolutions-Durchfall.*

Die besorgten Blicke unserer Eltern schwenken von mir zu ihr. Jenni zuckt zusammen und geht sofort in die offene Feldschlacht über: »Mom! Dad! Glaubt diesem menschgewordenen Schimmelpilz kein Wort.«

»Unsinn. Dieses hirnlose Usambaraveilchen, das ihr für meine Schwester haltet, will mich nur ärgern«, kontere ich.

»Du Komposthaufen!«, schreit sie.

»Du Warzenkrater«, schreie ich.

»Du zehnfach benutztes Katzenstreu-Klümpchen!«

»Analfistel!«

»Mülleimerkruste!«

»Zahnbelaglutscher!«

»Sondermüllerin!«

Unsere Mutter, die uns über alles liebt, aber eben auch eine knallharte Rechtsanwältin ist, pfeift einmal gellend auf ihren Fingern. »Seid sofort still oder ...«

»Oder was?«, fragen Jenni und ich wie aus einem Mund.

»Oder wir schicken euch zum Schüleraustausch in ein Bootcamp nach Alabama, wo ihr für jedes falsche Wort tausend Liegestütze machen müsst«, erklärt unser Dad.

Jenni und ich sehen uns grinsend an. Wir sind vielleicht nicht ganz normal, aber unsere Eltern sind *strange* hoch zehn. Trotzdem ist es besser, den Rückzug anzutreten – das wissen wir beide.

Jenni räuspert sich und sagt: »Ich gebe zu, ich habe gelogen. Natürlich hat Felix gestern Nacht ganz normal im Bett gelegen.«

Ich nicke versöhnlich und sage: »Und ich habe auch Quatsch erzählt. Jenni hat noch nie Alkohol getrunken.«

Um den letzten Zweifel auszuräumen, stehe ich auf, umarme Jenni und hauche dabei: »Hab dich total lieb, Jack Russel.«

»Ich dich auch, Pickelauslutscher.«

11.

Mädchen sind magisch. Manche ihrer Eigenschaften lassen sich einfach nicht mit den Naturgesetzen erklären.

Nina Kamphagen zum Beispiel. Ich kenne sie, seit wir vor vier Jahren zusammen auf die Gesamtschule gekommen sind. Aber bis jetzt hat sie mich ungefähr so sehr interessiert wie ein Rezept für Haferschleim.

Aber dann, ganz plötzlich, ändert sich alles.

Ich komme zur Schule und mache mich wie üblich auf die Suche nach jemandem, von dem ich die Hausaufgaben abschreiben kann. Musti muss ich gar nicht erst fragen, der macht sie auch nie. Larissa von Eckstein kann ich abhaken, die würde sich lieber mit einem Gewicht an den Füßen in einer Pfütze ertränken, als mir ihre Hausaufgaben zu überlassen.

Dann fällt mein Blick auf Nina. Ich also hin und: »Hey Nina. Kann ich Deutsch von dir abschreiben? Bommel schlachtet mich, wenn ich wieder mit ’nem leeren Heft aufkreuze.«

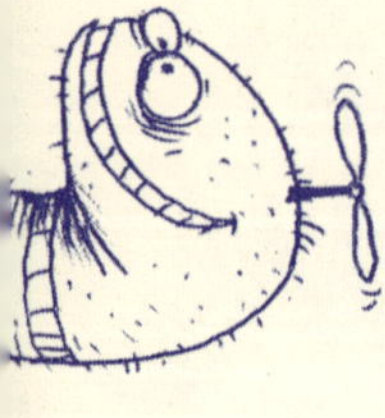

Sie zuckt mit den Schultern und sagt: »Geht mir leider genauso. Was hältst du davon, wenn wir einfach schwänzen?«

Überrascht sehe ich sie an. Ich dachte, dieses

Mädchen fehlt nie im Unterricht, nicht einmal, wenn sie krank ist.

»Los, Felix, wir verdrücken uns. Können doch irgendwo Kaffee schlürfen gehen«, hakt sie nach.

»Cool«, sage ich nur.

Wir lassen dann nicht nur Deutsch sausen, sondern den ganzen restlichen Schultag. Hängen bei Starbucks rum und schlürfen uns mit Frappuccino in die Nähe einer Herzattacke. Bangboombang. Laberlaber. Die Zeit vergeht wie nichts. Dann verabschieden wir uns am Nachmittag mit einem innigen Hug und einem tiefen Blick in die Augen. Ich sehe ihr hinterher und denke nur: Boa, ist die süß! Will haben!

12.

Verdammt, ich bin mal wieder verliebt. Muss das denn sein!?

Verliebt sein ist Mist, weil: Ist totaler Stress. Man muss dem Mädchen, auf das man es abgesehen hat, beweisen, dass man ein cooler Typ ist. Man muss auf sein Äußeres achten, sich kämmen, die Zähne putzen, ein Deo benutzen. Man muss aufpassen, was man sagt, wie man sich gibt, wie man rüberkommt. Das ist kein Spaß, das ist harte Arbeit. Schwitz und Doppelschwitz.

Andererseits hat Verliebtsein auch positive Seiten. Dinge, die sonst wichtig sind, spielen auf einmal keine Rolle mehr. Schule, Fernsehen, Sport, Freunde treffen – alles nicht so wichtig. Stress mit Eltern, Lehrern, Schwestern, mit anderen Jungs – alles egal.

Wichtig ist nur eins: Nina Kamphagen. Und wie ich es anstelle, mit ihr zusammenzukommen! Weil: Boa, ist die süß! Will haben!

13. NINA KAMPHAGEN

Ich spreche mit Musti über die Sache und gestehe ihm, dass ich verknallt bin. Er schnalzt mit der Zunge und meint: »Bist du Alzheimer oder was?!«

»Wieso?!«

»Hast du vergessen letztes Mal?!«

ULLCHECKO.

»Nullchecko! Wovon redest du?!«

»Von Charleen, Alter. Hast du geschworen, nie wieder zu machen so einen Mädchenmist.«

Pling und Doppelpling. Mein Gedächtnis ist wieder online. Musti hat total recht. Charleen war ein Mädchen, in das ich mich zum Anfang des Schuljahres verliebt hatte – und für das ich mich total zum Affen gemacht habe. So etwas wollte ich nie wieder erleben!

»Das hier ist etwas anderes, Musti. Nina ist echt super.«

»Bissu sicher?«

»Totalomaßenhundertprozent sicher!«

Er hebt beide Daumen nach oben. »Dann musst du machen die Chica zu deine Braut.«

»Genau das habe ich vor.«

14.

Die Gelegenheit, mich an Nina ranzumachen, bietet sich schon ein paar Tage später. Tatjana Janovasibirski hat am Wochenende sturmfreie Bude und feiert eine Party. Auf der Gästeliste steht auch Nina.

Kleines Problem: ICH stehe nicht auf der Gästeliste.

Aber die Sache ist schnell geregelt. Musti und ich posten Tatjanas Party einfach auf Facebook. Zwischen den dreitausend anderen uneingeladenen Gästen, die garantiert auftauchen werden, fallen Musti und ich sowieso nicht auf.

Die Tage bis zum Wochenende vergehen so zäh und langsam wie ausgekochter Kaugummi. Immerhin bin ich mir nun ganz sicher, dass es mit Nina klappen wird. Immer wenn wir uns in der Schule begegnen, schenkt sie mir ein Zauberlächeln. Dieses Lächeln hat auf mich die gleiche Wirkung wie Drogen. Ich laufe gegen Wände, falle die Treppe runter und einmal latsche ich ins Lehrerzimmer, obwohl ich eigentlich aufs Klo wollte. Merke es erst, *nachdem* ich meine Hose aufgemacht habe, aber zum Glück *bevor* ich losstrullere. Mrs Ironfist, fällt bei dem Anblick sofort in Ohnmacht. Bingo!

15.

Am Samstag ist es endlich so weit. Gegen halb neun erreichen Musti und ich die Partylocation. Vor dem Haus tummelt sich eine riesige Menschenmenge, mindestens tausend Leute. Die Sache mit dem Facebook-Flashmob hat also geklappt. Grins und Doppelgrins!

Besonders cool finden wir den Discospot, mit dem das Haus bestrahlt wird – ein blauer, rotierender Kegelscheinwerfer.

Erst als wir näher rücken, checken wir, dass das Licht von mehreren Polizeifahrzeugen stammt, die das Gebäude abgeriegelt haben. Einer der Beamten steht auf dem Dach seines Fahrzeugs und spricht durch ein Megafon zu der Menschenmenge: »Gehen Sie bitte nach Haus, meine Damen und Herren. Dies ist eine private Veranstaltung. Der Verursacher dieses Auflaufs – also derjenige, der auf Facebook Ihr Erscheinen bewirkt hat – wird polizeilich ermittelt und

zur Rechenschaft gezogen werden. Verlassen Sie bitte augenblicklich den Ort!«

Schluck und Doppelschluck! Nix Nina, nix knutschen, nix Freundin. Ich werde im Knast landen! Verdammt, woran liegt es bloß, dass mein Hirn so seltsam verschaltet ist und ich immer nur Mist ausbrüte?!

Die Menschenmenge verzieht sich. Nur ich und Musti bleiben vor den Polizeiautos zurück wie an den Strand gespülte Muschelschalen. Die Beamten, immerhin zwanzig Mann, einige davon in Kampfanzügen, starren uns an. Äh und Doppel-Äh.

Musti und ich wollen auch gerade verschwinden, als wir eine Stimme hören. »Felix! Musti! Ihr müsst nicht gehen, ihr seid doch eingeladen!«

Es ist Nina. Jubel und Doppeljubel. Dann schrumpfe ich wieder zusammen und rufe ihr zu: »Nein, wir sind nicht eingeladen. Wir wollten nur …«

»Quatsch. Ich rede mit Tatjana. Los, kommt rein.«

Nina öffnet die Haustür. Die Po-

lizisten bilden eine Gasse und lassen uns durch. Wow! So muss sich Prinz Harry fühlen, wenn er durch die Reihen der Horseguards den Buckingham Palace betritt! Prinz und Doppelprinz!

16.

Die Party ist gigantisch. Liegt vor allem an der Location. Die Villa von Tatjanas Eltern ist riesengroß und vollgestopft mit chinesischen Vasen, kostbaren Ölgemälden, Rokoko-Möbeln und orientalischen Teppichen. Ich habe Tatjanas Vater, er heißt Roman Vasilew Janovasibirski, nur einmal gesehen. Da war er in der Lehrersprechstunde, nachdem Tatjana in Bio eine Sechs geschrieben hatte. Nach der Sprechstunde hatte Tatjana doch eine Eins und Herr Krumbiegel, unser Bio-Lehrer, einen neuen Mercedes.

Wir haben richtig Spaß, besonders weil eine Menge Leute da sind, die ich kenne. Spike zum Beispiel, geht in die Parallelklasse und ist ein echt cooler Typ, der für jeden Scheiß zu haben ist. Er hat arschlange Dreadlocks und steht irgendwie unter körpereigenen Naturdrogen – jedenfalls ist er immer ziemlich laaaaaangsam, hat dafür aber konstant gute Laune. Heute hat Spike sich über die Wodkaflaschen von Tatjanas Vater hergemacht und ist schon so dicht wie die Schotten der Titanic nach der Eisbergsache.

Mike Hagen, auch ein Dude, kann ebenfalls

nicht mehr geradeaus laufen. Rülps und Doppelrülps! Egal. Musti, Spike, Mike & ich checken gemeinsam das Haus aus. Im Keller entdecken wir ein riesiges Schwimmbad, mit künstlichem Wasserfall und Jacuzzi-Whirlpool. Sofort reißen wir uns die Klamotten vom Leib! Bombe und Doppelbombe. Mit einem riesigen Satz bin ich im Wasser, die anderen folgen. Nur Musti hält erst einmal vorsichtig einen Zeh ins Wasser, um zu prüfen, ob es nicht zu kalt ist.

Wir schwimmen, planschen, spielen Wasserball. Zwischendurch kotzt Spike in den Whirlpool. Die ganzen gelben Bröckchen, die er von sich gibt, werden durchgesprudelt wie in einem Slush-Eis-Automat.

Irgendwann fragt Musti mich: »Was ist eigentlich mit Nina?!«

»Was? Wieso?«

»Wolltest du erobern, die Braut!«

»Oh, verdammt. Die habe ich glatt vergessen«, sage ich.

Ich hatte einfach zu viel Spaß, um an Mädchen zu denken. Mist und Doppelmist.

17.

Am nächsten Morgen fühle ich mich sonderbar. So als hätte ich mir eine DVD ausgeliehen und sie dann doch nicht angesehen. Wenn ihr versteht, was ich meine.

Die Party bei Tatjana war super. Aber Nina kann ich vergessen. Nachdem ich mich die erste Hälfte der Nacht nicht um sie gekümmert hatte, wollte sie in der zweiten Hälfte nichts mehr von mir wissen.

Kann ich auch irgendwie verstehen. Hab mich wirklich blöd benommen. Aber zu spät ist zu spät.

Grummel und Doppelgrummel!

Tatjana hat die Sache mit dem Whirlpool übrigens gemerkt und war stinksauer. Sie hat Spike, Mike, Musti und mich rausgeworfen.

Wir sind dann durch die Straßen gelaufen, waren total überdreht und gut gelaunt.

Als mein Dad mich nach dem Frühstück fragt, was ich heute vorhätte, sage ich: »Aufräumen.«

»Machst du Witze!?«

»Nein, ist ernst gemeint.«

18.

Das mit dem Aufräumen ist wirklich nicht gelogen. Aber es geht dabei nicht um mein Zimmer oder so. Ich verbringe den Sonntag im Internet und räume dort auf. Sprich, ich beseitige digitale Spuren. Wegen der Sache mit dem Flashmob.

Trotzdem zucke ich noch eine Woche lang zusammen, wenn es zu Hause an der Tür klingelt. Kann ja sein, dass es ein Kripobeamter ist, der Futter für seine Handschellen sucht. Schnapp und Doppelschnapp!

Ich finde, wenn man im Internet etwas Verbotenes tut, sollte man auch im Internet ins Gefängnis kommen.

Android-Knast. Facebook-Gefängnis. Google-Gulag.

19.

Eine Woche Schulpraktikum steht uns bevor. Ich habe nicht wirklich Lust drauf, aber die Erwachsenen sagen, dass es eine gute Möglichkeit wäre, um herauszufinden, was ich später im Leben machen möchte.

Dabei weiß ich jetzt schon, was ich im Leben machen möchte. Zum Beispiel morgens ausschlafen. Aber wie soll das klappen, wenn ich jeden Tag zu so einem blöden Praktikum laufen muss?!

Spike bringt mich auf die Idee, mir einfach eine Stelle zu suchen, bei der ich beides verbinden kann – lange schlafen und Praktikum.

Leider werden alle Vorschläge, die ich in dieser Hinsicht mache, abgelehnt:

Praktikum an der Kinokasse – meine Eltern sind dagegen.

Praktikum im Diner als Kellner – meine Lehrer sind dagegen.

Praktikum im Casino als Croupier – die Geschäftsleitung ist dagegen.

Praktikum zu Hause als Arbeitsloser – ALLE sind dagegen.

Schließlich frage ich Toastermanni, unseren Rektor, ob ich nicht ein Praktikum als Lehrer an der Schule machen kann. Dann könnte ich wie gewohnt morgens zu spät kommen. Er sieht mich daraufhin nur kopfschüttelnd an und spielt wieder Origami mit mir. Wegen meiner Einstellung, wie er es ausdrückt. Falt und Doppelfalt.

20.

Abends führt mein Dad ein sogenanntes ernstes Gespräch mit mir. Laberlaber. Ich gehe schon nach den ersten Sätzen mental in den Offline-Modus. Schnarch und Doppelschnarch. Irgendwie geht es wohl um mich, meine Talente und meine Zukunft – und dass ich das alles doch bitte schön nicht einfach in die Mülltonne werfen soll.

Ich muss grinsen. Mir gefällt die Vorstellung. Vor jedem Haus gibt es eine Biotonne, eine Altpapiertonne, eine Hausmülltonne – und eine Zukunftstonne. Sie wird einmal in der Woche geleert und der Inhalt von einem Spezialfahrzeug zur Future-Deponie gebracht. Vielleicht sollte ich ein Praktikum bei der Müllabfuhr machen?

Ein paar Tage später verkündet mein Dad stolz, dass es ihm gelungen ist, mir bei Hansami, Schäfer & Trivoli – ei-

em der größten, tollsten und reichsten Architekturbüros der Welt – eine Praktikumsstelle zu besorgen. Er ist selbst Architekt und hat gute Kontakte.

»Freust du dich, mein Sohn?«, fragt mich Dad.

»Wie ein Schluck Sprudelwasser aufs Rülpsen«, sage ich.

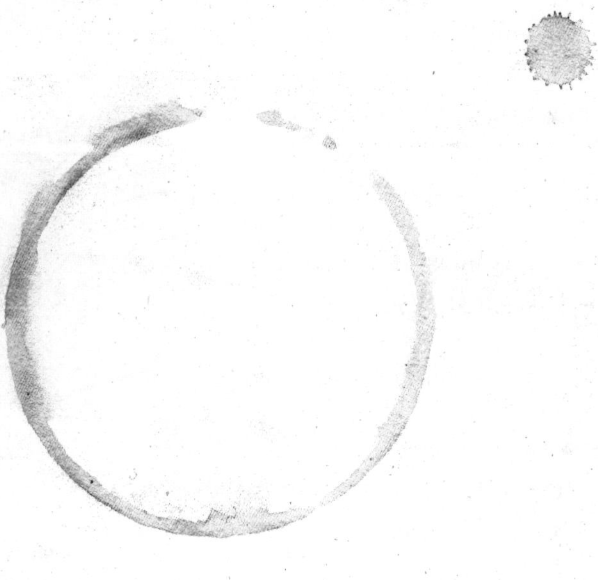

21.

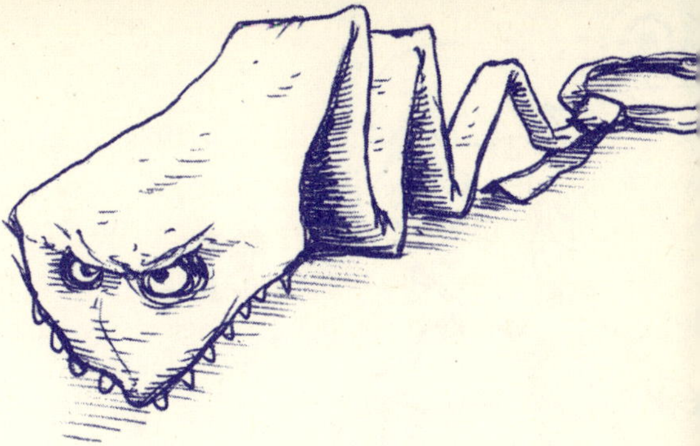

Meine Mutter ist wegen der Praktikumsstelle megastolz auf mich. Am nächsten Tag treffe ich mich mit ihr in der Stadt und sie kauft mir den ersten richtigen Anzug meines Lebens. Dazu gibt es noch zwei gestreifte Office-Hemden und eine Krawatte (von der ich keine Ahnung habe, wie man sie bindet).

Um ehrlich zu sein, jetzt bin ich auch etwas stolz auf mich. Strahl und Doppelstrahl. So ein dunkler Anzug macht deutlich mehr her als ein orangefarbener Müllmann-Anzug. Obwohl das auch nicht schlecht gewesen wäre. Und bei der Müllabfuhr hätte ich garantiert den größeren Dienstwagen gehabt.

22.

Hier zeigt mein Dad mir, wie man eine Krawatte bindet.

Mein erster Versuch – und wie ich ihn in letzter Sekunde überlebe.

Mein nächster Versuch: Damit könnte ich glatt in den Zirkus als Entfesselungskünstler.

Ich glaube, so geht's.

23.

schnarch
+
doppelschnarch

Ping Ping Ping Ping
Dongel Dongel Dongel Dongel
Rarü Rarü Rarü Rarü
Rintintin Rintintin Rintintin
Bäö Bäö Bäö Bäö

Der erste Praktikumstag. Mein Hirn ist nur zu einem einzigen Gedanken fähig: »Och, nööööööööö!«

24.

Regel Nummer eins: Bei einem Praktikum kommt man nicht zu spät.«

Dr. Bentham Hansami, einer der tollsten und reichsten Architekten der Welt, sieht mich streng an – und das nur, weil ich zwei Stunden zu spät gekommen bin. Hab verschlafen.

»Es tut mir leid, kommt nicht wieder vor, Herr Hansami«, erkläre ich.

»Versuch es einfach mal mit einem zweiten Wecker.«

»Gute Idee.«

»Wenn man im Leben etwas erreichen möchte, muss man früh auf den Beinen sein. The early bird catches the worm.«

»Ich gehe lieber zu McDonald's.«

Er sieht mich an und bricht in schallendes Gelächter aus. »Du bist komisch, mein Junge. Aber das gefällt mir. Und jetzt viel Glück.«

Mein Betreuer in der Firma heißt Karsten Meier und als Erstes erklärt er mir, dass die Leute falsche Vorstellungen vom Architektenberuf hätten. Sie denken, dass man vor dem Zeichentisch sitzt und geniale Ideen für großartige Gebäude aufs Papier bringt. Bei Leuten wie Dr. Hansami würde das zwar stimmen. Normal sterbliche Archi-

tekten wie er aber würden von früh bis spät arbeiten, sich mit Baufirmen streiten, sich mit Bauherren streiten, sich mit ihren Vorgesetzten streiten. Deswegen hätte er eigentlich auch gar keine Zeit, sich um mich zu kümmern. Er hätte viel zu viel zu tun. Dass er sich auch noch um mich kümmern soll, wäre eine echte Strafe.

»Ich bin eine Strafe?«, frage ich verdutzt.

»Ja, na ja. Nicht du persönlich. Aber doch, irgendwie schon.«

»Cool.«

Karsten lächelt gequält und sagt: »Wenn du etwas tun willst, musst du dir selbst eine Aufgabe suchen, Felix. Oder auch nicht.«

»Sie meinen, ich kann auch zu Hause bleiben?«

»Du würdest mir

damit sogar einen Gefallen tun. Ein gutes Zeugnis stelle ich dir natürlich trotzdem aus. Versprochen.«

»Okay, dann… gehe ich einfach wieder«, erkläre ich.

Das hört Karsten Meier schon gar nicht mehr. Er hat zwei Telefonhörer gleichzeitig in der Hand und streitet sich in Stereo.

25.

Ein Praktikum ohne Praktikum. Und noch dazu bekomme ich auch ein tolles Zeugnis. Es scheint fast, als wären alle meine Gebete erhört worden. Jubel und Doppeljubel!

Ich beschließe, Musti zu besuchen, der sein Praktikum in der Firma seines Dads absolviert. Die Im- und Export-Firma von Herrn Ködölötöfö heißt Ködölötöfö Im- und Export und betreibt Im- und Export. So hat Musti es mir jedenfalls mal erklärt. Sein Dad handelt mit Maschinen, Rohstoffen und Lebensmitteln. Und er ist ein ziemlich reicher Mann.

Mustis Arbeitsplatz ist im obersten Stockwerk des Firmengebäudes, direkt neben dem Büro seines Vaters. Als ich das Zimmer betrete, sitzt Musti an einem riesigen Schreibtisch und arbeitet hoch konzentriert am Computer. Er blickt kurz auf, hebt die Hand und sagt: »Wartest du Moment, Alter. Habisch Wichtiges zu tun.«

Ich umrunde den Schreibtisch und sehe, dass Musti *Angry Birds* spielt. »Machst du besser Termin mit meiner Sekretärin. Binisch viel beschäftigter Mann«, erklärt er grinsend.

Ich nehme ihm die Maus aus der Hand und beende das

Spiel. Erst ist er sauer, aber nur kurz. Dann wirft er einen Blick auf seine Armbanduhr und sagt: »Kommst du genau richtig, Felix. Gehen wir Business-Lunch.«

»Es ist noch viel zu früh für Lunch«, sage ich.

»Okay, gehen wir Business-Breakfast.«

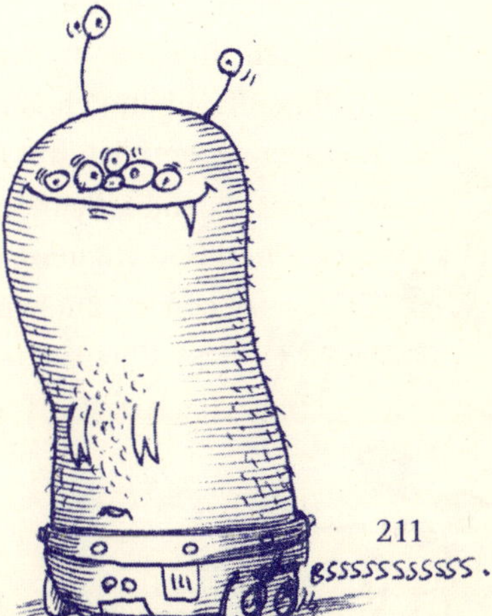

26.

Wir gehen ins FiftyFive, unserem Lieblings-Diner, und quatschen über die Arbeitswelt. Musti trägt ebenfalls einen Anzug und sieht richtig gut aus. Eines Tages wird er wirklich in der Firma seines Dads einsteigen und Chef werden. Er wird einen fetten Wagen fahren, ein goldenes Handy haben und zehn superscharfe Sekretärinnen, die ihm jeden Wunsch von den Lippen ablesen.

Es könnte natürlich auch sein, dass sein Traum von der Rapper-Karriere doch noch wahr wird. Dann wird Musti einen fetten Wagen fahren, ein goldenes Handy haben und zehn superscharfe Go-go-Girls, die ihm jeden Wunsch von den Lippen ablesen.

Während wir unseren Kaffee schlürfen, erklärt Musti mir, dass er keinesfalls den ganzen Vormittag nur *Angry Birds* gespielt hat, sondern sogar ziemlich fleißig war. Ich weiß, dass das nicht gelogen ist. Musti redet nicht immer so, wie er redet. In Wirklichkeit spricht er fließend Deutsch, Englisch und Türkisch. Er führt für seinen Dad wichtige Business-Verhandlungen, bei denen es um viel Geld geht. Er ist ein Business-Checker.

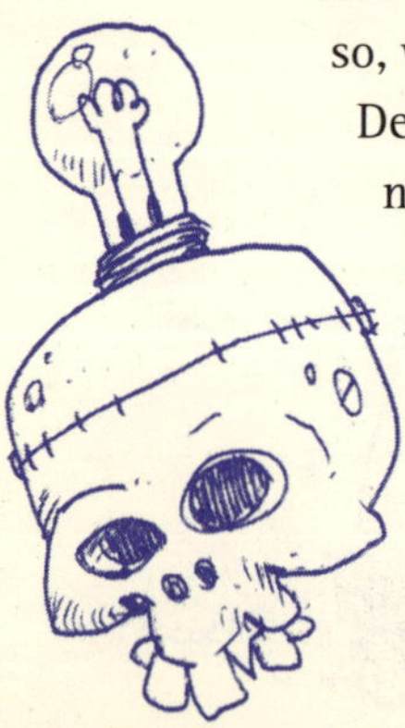

Ich muss an das Gespräch mit meinem

Vater denken. Und an die Zukunftstonne und die Future-Deponie. Vielleicht sollte ich mir die Sache noch einmal überlegen und meine Zukunft doch wenigstens ein bisschen planen!

Ich beschließe, mich von Karsten Meier nicht so einfach abspeisen zu lassen.

Ich will zwar nicht unbedingt Chef werden. Aber irgendetwas will ich schon werden und ich befürchte, dafür muss man sich ein bisschen ins Zeug legen.

27.

Am nächsten Morgen sitze ich pünktlich um halb neun an meinem Schreibtisch bei Hansami, Schäfer & Trivoli. Karsten Meier kommt herein, sieht mich und zuckt mit den Schultern. Dann schnappt er sich sein Telefon und beginnt den ersten Streit des Tages. Ich glaube ja, dass es eher an ihm liegt, dass er sich immer nur mit allen streitet.

Dann gehe ich auf Wanderschaft in dem siebenstöckigen Bürogebäude, in dem jede Menge Architekten, Statiker und Bauzeichner arbeiten. Auf den Korridoren stehen Modelle der Häuser, die die Firma entwickelt hat. Hotels in Bangkok, Bürotürme in Dubai, Einkaufszentren in Chongqing. Die Hundehütte des Zwergpinschers von Mrs Hansami ist auch dabei: Marmor, Gold und ein eigener Sandkasten. Staun und Doppelstaun.

Ich komme an einem verlassenen Zeichentisch vorbei, an dem jemand Entwürfe für einen neuen Erlebnispark angefertigt hat. Achterbahnen, Geisterbahnen, Gokart-Bahnen.

Ziemlich gut, das

Ganze. Aber nicht gut genug, denke ich. Grins und Doppelgrins.

Ich weiß nicht, ob ich es schon erwähnt habe, aber ich kann ziemlich gut zeichnen. Mein eigentlicher Traumjob ist darum auch Comiczeichner. Manche Leute behaupten, ich wäre richtig talentiert. Und wenn ich meinen Vater richtig verstanden habe, dann soll ich etwas aus meinem Talent machen.

Ich blicke nach rechts. Ich blicke nach links. Niemand da. Ich schnappe mir ein paar Stifte und beginne, etwas aus meinem Talent zu machen. Flöt und Doppelflöt!

28.

Am nächsten Morgen komme ich mit gemischten Gefühlen zum Praktikum. Kann ja sein, dass sie mich auf der Stelle verhaften, weil ich an dem Vergnügungspark-Entwurf rumgekritzelt habe.

Aber nichts passiert.

Auch heute spaziere ich wieder durchs Haus und komme mit diversen Leuten ins Gespräch. Am coolsten finde ich Lutz, den Hausboten. Er bringt den anderen Mitarbeitern ihre Briefe und Unterlagen an den Schreibtisch.

Ich frage mich, ob Lutz für den Posten wirklich geeignet ist. Er bewegt sich ungefähr so schnell wie ein Schachspieler bei der Zeitlupenwiederholung seines Eröffnungszuges. Wenn Lutz einen Brief austrägt, ist die Briefmarke danach so alt, dass sie Seltenheitswert hat.

Als ich ihn frage, ob er etwas an

den Füßen hätte – Metallplatten zum Beispiel –, grinst Lutz und sagt: »Du musst noch viel lernen, Felix. Das Wichtigste im Leben ist, dass du dich niemals stressen lassen darfst. Jedenfalls nicht bei der Arbeit.«

»Schule?«

»Auch nicht.«

29.

Am nächsten Tag werden alle Mitarbeiter zu einer Feierstunde in die Lobbyhalle gebeten. Es gibt Sekt und Sushi-Häppchen. Dr. Hansami ist völlig aus dem Häuschen und strahlt wie Scrat, wenn er seine blöde Haselnuss umarmt. Er hält eine Rede und erklärt, dass Hansami, Schäfer & Trivoli überraschend die Ausschreibung zum Bau eines Vergnügungsparks in Abu Dhabi gewonnen hätte. Ich habe plötzlich ein ganz ungutes Gefühl im Bauch.

Dann bittet Dr. Hansami einen jungen Architekten auf die kleine Bühne. Der heißt Gordon Machwitz und sieht ziemlich blass und eingeschüchtert aus. Dr. Hansami schüttelt ihm so heftig die Hand, als wolle er ihm den Arm abreißen.

»Ich wusste gar nicht, dass wir einen so talentierten, jungen Mitarbeiter in unseren Reihen haben! Eigentlich hatten wir gar nicht vor, allzu viel Energie in dieses Projekt zu stecken. Nun sieht es so aus, als wenn Sie eine große Zukunft bei uns haben.«

Gordon Machwitz sieht aus, als hätte er auf eine genmanipulierte Supersauer-Zitrone gebissen. »Aber ich habe doch gar nicht… ich weiß

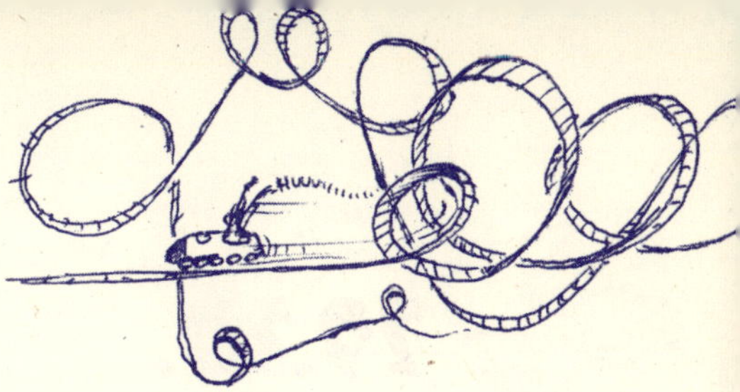

auch nicht, wie… ich möchte wirklich nicht…«

Dr. Hansami schüttelt ihm einfach wieder die Hand, sodass Gordon nicht dazu kommt, einen seiner angefangenen Sätze zu vollenden. Dann bittet er ihn, den Mitarbeitern seine prämierten Entwürfe zu zeigen.

Alle klatschen begeistert – nur ich bin enttäuscht. Oder bin ich erleichtert?

Jedenfalls sind alle meine Verschönerungsvorschläge wieder von den Entwürfen verschwunden. Die Zeichnungen sehen genau so aus wie vorgestern, als ich sie in dem verlassenen Büro fand.

Groll und Doppelgroll.

Die Menschheit ist wohl einfach noch nicht reif für eine Achterbahn mit Zehnfach-Looping und Drei-Kilometer-Steigung. Eine Unterwasser-Geisterbahn, in der die Besucher in kleinen Mini-U-Booten sitzen, scheint auch nicht erwünscht zu sein. Ganz zu schweigen von der Kart-Bahn, bei der man mithilfe von Magnetkräften auch an den Wänden und der Decke fahren kann.

Schade.

30.

Die Praktikumswoche war lustig, aber ich bin froh, als wir wieder ganz normalen Unterricht haben. Endlich wieder ausschlafen. Außerdem kann ich in den Pausen mit meinen Freunden abhängen.

Am besten gefällt mir an der Schule übrigens, dass sie jeden Tag pünktlich um 15 Uhr vorbei ist. Das fühlt sich einfach großartig an. Ist an jedem Tag ein kleiner Höhepunkt.

Aus diesem Grund würde ich gerne für den Rest meines Lebens in die Schule gehen. Und zwar immer von 14:59 Uhr bis Schulschluss.

Aber ich bin Realist. Logischerweise könnte ich nur mein ganzes Leben lang zur Schule gehen, wenn ich Lehrer werden würde.

Und allein bei dem Gedanken daran könnte ich kotzen.

Nein, meine echte Traum-Karriere sieht anders aus. Das ist mir jetzt klar geworden. Ich möchte weder Lehrer noch Architekt und auch kein Im- und Exporteur werden. Ich will Comiczeichner werden.

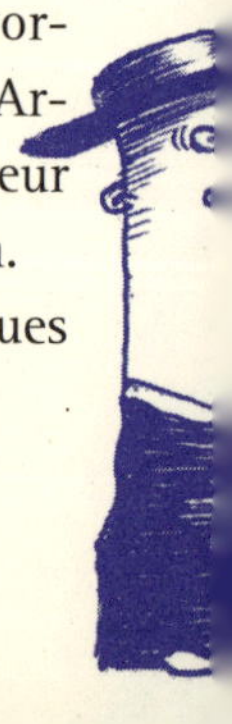

Ich kaufe mir neue Stifte und ein neues

Notizbuch und fange mit der Arbeit an. Allerdings bin ich mir noch nicht sicher, was ich eigentlich zeichnen möchte.

Vielleicht sollte ich eine neue Superhelden-Serie starten. *Super-Felix and the incredible Mus T.*

31.

Nina ist immer noch sauer auf mich. In der Schule geht sie mir aus dem Weg, aber manchmal stoßen wir im Gedränge auf dem Flur zusammen. *Badaboom.* Ihre Sachen, die sie unter dem Arm gehalten hat, fliegen in einem hohen Bogen auf die Erde.

»Felix! Du ... Volltrottel!«, schreit sie mich an.

»Du hast doch selber nicht aufgepasst.«

»Ist das deine Art, dich zu entschuldigen?«

»Nein.«

»Also?«

»'tschuldigung.«

»Schon besser.« Sie lächelt und dabei sieht sie echt supersüß aus.

»'tschuldigung«, sage ich noch einmal.

Sie sieht mich fragend an. »Wofür war das jetzt?«

»Für die Sache auf Tatjanas Party.«

»Ach. Jetzt endlich tut es dir leid?! Gefühlte tausend Wochen später?«

»Ne, schon vorher. Hab bloß vergessen, es dir zu sagen. Das heißt, ich dachte, du bist

sowieso sauer auf mich und dann lohnt es sich nicht, wenn ich mich entschuldige.«

Ihr Lächeln verdörrt wie ein Apfel in der Sonne. »Oh Mann, Felix! Dir ist wirklich nicht zu helfen. Aber so was von gar nicht.«

»Ich glaub's fast auch.«

»Schönes Leben noch«, faucht sie, dreht sich um und verschwindet.

Ich schaue ihr hinterher wie ein gestrandeter Typ auf einer einsamen Insel, an der endlich mal ein Schiff vorbeifährt, dann aber einfach am Horizont verschwindet, ohne anzuhalten.

32.

Dies ist die Formel, mit der man die Kreistangente der Hypotenuse einer Differenzialalgorhythmie ausrechnet:

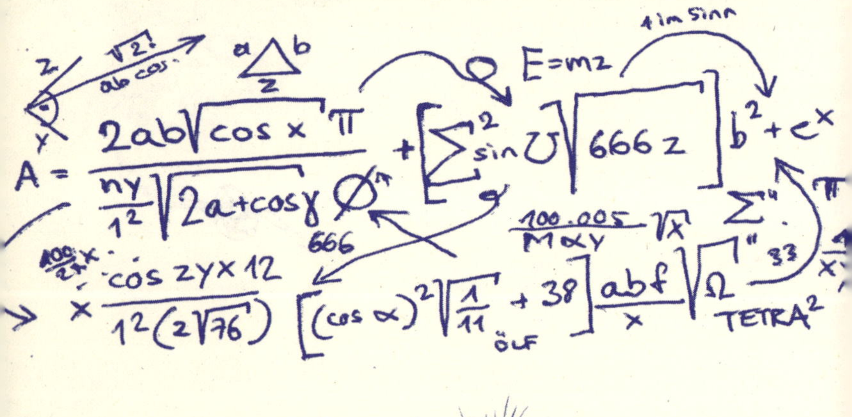

Dies ist Nina:

Ich bin kein Ass in Mathe, aber die Formel kommt mir dennoch einfacher vor als Mädchen.

33.

An diesem Abend arbeite ich an meiner Superheldenfigur. Sie heißt doch nicht Super-Felix, sondern *Itazura Man*. Ich finde einen japanischen Namen cool, besonders weil mein Superheld mit einem Samuraischwert kämpft. Er wird ständig von Zombies, Monstern, Vampiren, Lehrern und Eltern angegriffen, gewinnt am Ende aber immer. Tut mir echt leid, aber: Kopf ab. Kuller und Doppelkuller!

Ab und zu muss *Itazura Man* ein unglaublich hübsches Mädchen retten, weil es von Zombies entführt wurde oder so. Das Mädchen heißt Ninuko Kawamura und ist unsagbar schön und süß. Sie ist unsterblich in *Itazura Man* verliebt.

Im normalen Leben heißt *Itazura Man* Ken Mitsumoto und ist Angestellter in einer Firma. Seine Kollegin ist Ninuko Kawamura, aber die hält Ken für einen Volltrottel, dem nicht zu helfen ist. Darum ist sie immer ziemlich pampig zu ihm.

Mir wird klar, dass Superhelden echt Glück im Leben haben. Ständig können sie Mädchen retten, weil die aus Hochhäusern fallen, von Superschurken entführt werden

oder zufällig in einem U-Boot sitzen, das von Meeresmonstern angegriffen wird.

Vielleicht sollte ich Nina entführen, um sie dann retten zu können. Oder von einem Hochhaus werfen. Das mit dem U-Boot wird eher schwierig. Woher soll ich ein U-Boot nehmen?

Seufz und Doppelseufz.

34. FIGHT CLUB

An meiner Schule haben ein paar Jungs einen Fightclub gegründet. Jetzt fragen sie nach und nach jeden Mitschüler, ob er an einem Fight teilnehmen möchte. Wenn man einverstanden ist, muss man sich mit einem der Fightclub-Mitglieder prügeln, und wenn man Nein sagt, verkloppen sie einen trotzdem.

Ich hatte bisher Glück, weil sie mich in Ruhe gelassen haben. Vermutlich weil ich kein Gegner bin, mit dem ein Fight Spaß machen würde. Wer kämpft schon gerne gegen jemanden, der eine Körperhaltung wie ein nasses Handtuch und eine Schlagkraft wie ein Wiener Schnitzel hat?!

Jetzt im Herbst werden anscheinend langsam die Gegner knapp und ich gerate doch in ihr Visier. Nach der Schule bauen sich Rico, Bastian und Dubcek – die drei sind der Fightclub – vor mir auf, grinsen mich mit ihren Zahnlücken an und sagen: »Wir haben einen Termin für dich, Felix.«

Ich muss lachen. »Was ist denn das für ein Spruch?«

»Heute in einer Woche. Abends um acht. Auf der Wiese hinter dem Fußballplatz.«

»Da kann ich nicht.«

»Dann machen wir dich gleich hier fertig.«

»Okay, dann kann ich doch.«

»Du kennst die Regeln?«

»Welche Regeln?«

»Du kennst sie also. Sei pünktlich. Es wird Spaß machen.«

»Ja, euch vielleicht.«

Hehehe. Hahaha. Hohoho. Die drei klingen wie irgendwelche Gangster in einem Billigwestern. Vollidioten!

Dann ziehen sie ab und lassen mich mit dem sicheren Gefühl zurück, dass ich nächste Woche auf einer Wolke sitzen und Harfe spielen werde.

35.

Ich berufe sofort eine Notfall-Konferenz mit Musti, Spike & Mike ein.

»Also, Leute, ich brauche dringend eine gute Idee. Sonst werde ich nächste Woche von Rico und seinen Assi-Freunden geschlachtet.«

Spike fummelt mit der Hand in seinen Dreadlocks herum und sagt auf seine übliche laaaaaangsame Art: »Du glaubst, diese Typen werden dich schlachten, Felix? Vergiss eees. Schlachten geht schnell. Rico aber wird dich ganz laaangsam feeeertigmaaachen. Gaaanz laaangsam. Und dann wirst duuu bis nächstes Jahr im Krankenhaus liiiiiiegen. Wenn ich du wäre, würde ich besser auswandern. Nach Timbuktuuuuuu. Oder sooooo.«

»Danke, du bist echt eine große Hilfe, Spike.«

»Geeeeerne«, sagt er und lächelt stolz. Spike ist nicht dumm oder so, aber sein Hirn arbeitet einfach zu langsam, um so etwas wie Ironie zu verstehen.

»Hat noch jemand einen Vorschlag?«, frage ich in die Runde.

»Australien«, sagt Mike.

»Südamerika«, sagt Musti.

Fauch und Doppelfauch! »Ich wollte keine weiteren Vorschläge, wohin ich auswandern könnte! Ich will wissen, wie ich es schaffen kann, hierzubleiben und trotzdem diese Sache mit Rico, Bastian und Dubcek zu überleben.«

»Duuu wirst sie nicht üüüüüüberleben«, sagt Spike mit todernster Miene.

»Er hat recht«, sagt Mike mitleidig.

Musti zuckt mit den Schultern und sagt: »Willssu hierbleiben, yo? Gib's nur eins, Alter. Mussu kämpfen lernen.«

Ich sehe Musti überrascht an. »In einer Woche?! Wie soll das denn gehen?«

»Dann halt doch auswandern, Alter.«

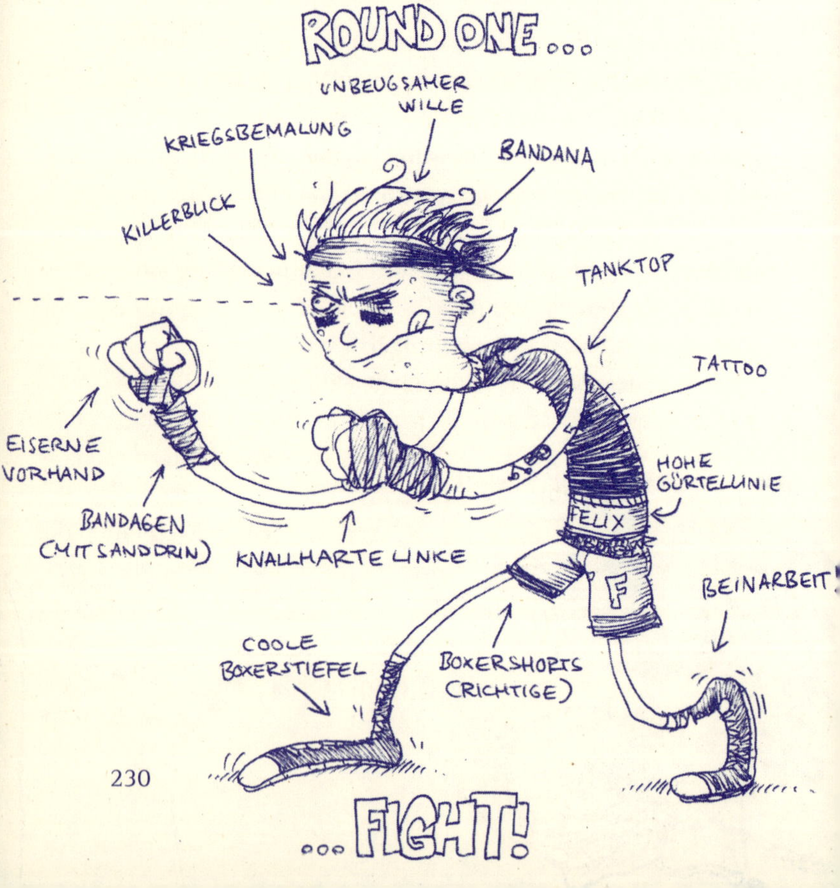

36.

Musti hat recht. Der einzige Weg, hier und am Leben zu bleiben, ist der, dass ich lerne, mich zu verteidigen. Ich habe genau eine Woche Zeit, um ein megagefährlicher Fighter zu werden.

Bleibt nur die Frage: Wie schaffe ich das?

Soll ich bei Vitali Klitschko anrufen und fragen, ob er mir Box-Nachhilfe gibt? Und wenn er Nein sagt, versuche ich mein Glück bei Wladimir?

Oder soll ich einen Online-Kurs buchen, in die Richtung *In fünf Lektionen zur Killermaschine?*

Oder soll ich mich einfach im nächsten Judo-Club anmelden, wo man mir vermutlich erklären wird, dass es mindestens zehn Jahre dauert, bis ich in der Lage bin, irgendjemanden zu Fall zu bringen?

Mist und Doppelmist. Ich brauche eine viel bessere Idee.

37.

Am nächsten Nachmittag treffe ich mich mit Musti, Spike & Mike in der Schulturnhalle zum Sparring.

War meine Idee. Wenn den Jungs schon nichts einfällt, dann müssen sie mir eben persönlich dabei helfen, ein zweiter Jean-Claude van Damme zu werden!

Allerdings bin ich mir nicht unbedingt sicher, ob sie die Idealbesetzung als Kampfkunstlehrer sind.

Spike kann so gut wie nichts von seiner Umgebung erkennen, weil ihm die Dreadlocks vors Gesicht gewachsen sind. Er sieht aus wie ein Yeti. Außerdem ist er wie gesagt in allem, was er tut, laaaaaaaaaaaaangsam. Vermutlich könnte er ein ganz guter Taichi-Meister werden. Aber niemals *unbewaffnet und trotzdem gefährlich!*

Mike ist der Sportlichste von uns. Aber Mike ist eher klein und schmal geraten. Ungefähr halb so groß wie ich und ungefähr ein Viertel so groß wie Musti. Okay, das ist jetzt übertrieben, aber Tatsache ist, dass die Jungs vom Fightclub ihn einfach wegpusten würden.

Und Musti? Musti ist nicht klein und schmal. Aber er ist einfach zu nett. Er hat keine Lust, sich zu prügeln. Wenn er angegriffen würde, könnte er die Typen höchs-

tens mit Schokoriegeln bewerfen. Davon hat er immer Dutzende in den Taschen.

Wir haben uns von Herrn Mattusek, unserem Sportlehrer, Box-Equipment ausgeliehen, also Handschuhe und Kopfschützer. Mit Seilen bauen wir einen Ring. Musti ist mein erster Gegner. Ich tänzel wie ein Boxer um ihn herum, aber er wirft sich einfach auf mich drauf und begräbt mich unter seinem tonnenschweren Dinosaurierkörper.

»Geh von mir runter, ich krieg keine Luft«, röchel ich.

»Tut misch leid, Alter.«

Nachdem ich mich von Mustis Fleischbergen befreit habe, sage ich: »Dein Kampfstil nützt mir nichts, Musti. Um den anzuwenden, müsste ich erst einmal drei Jahre lang zunehmen.«

Als Nächstes ist Mike an der Reihe. Er versucht erst gar nicht, mich anzugreifen, sondern läuft einfach vor mir weg.

Ich jage ihn durch die ganze Turnhalle, aber schon nach einer Viertelstunde bin ich völlig außer Atem. Schnauf und Doppelschnauf! Ich halte mir die Seiten und sage keuchend: »Das nützt mir auch nichts, Mike. Wenn ich vor den Fightclub-Jungs weglaufe, lauern sie mir am nächsten Tag auf und machen mich erst recht fertig. Ich muss mich ihnen stellen.«

Dann stehe ich mit Spike im Ring. Er hält offenbar nichts von einer guten Deckung, sondern grinst mich gut gelaunt an.

»Ich haue zu, Spike«, sage ich drohend.

»Maaaaach doooooch«, sagt Spike.

BADABOOM! Ich haue zu – und treffe.

»Oops. Spike? Spi-ike?!«, rufe ich.

Keine Antwort. Er liegt da und rührt sich nicht.

Als Spike zehn Minuten später aus dem Koma erwacht, entschuldige ich mich tausendmal bei ihm. »Tut mir echt leid, Alter. Aber ich dachte, du wehrst dich irgendwie...«

Spike richtet sich benommen auf. Seine Augen kreiseln wie Murmeln in ihren Höhlen. Dann schüttelt er sich wie ein Hund, der aus dem Wasser kommt. Schließlich grinst er und sagt gut gelaunt: »Wow, soooo fühlt sich das aaaalso aaaaan, wenn man K.O. geht. Ist ja aaaabgefahren. Ich hatte toooootal irre Träume. Looos, ich will nooooch maaaal! Wer schlägt mich als Nächstes niiiiieder?«

Stöhn und Doppelstöhn. Eins steht fest. Meine Freunde werden keinen Superfighter aus mir machen.

38.

Eine Woche später ist es so weit. Der Tag, an dem ich sterben soll, ist gekommen. Pünktlich um acht Uhr finde ich mich auf der Wiese hinter dem Fußballplatz ein.

Rico, Bastian und Dubcek erwarten mich schon. Ich glaube, sie sind betrunken oder haben Drogen genommen. Sie lachen grundlos und hüpfen die ganze Zeit so komisch durch die Gegend. Obwohl es draußen total kalt ist, haben sie ihre Jacken und Shirts ausgezogen und laufen mit nacktem Oberkörper herum. Man sieht, dass sie supermuskulös sind und von vorherigen Kämpfen lauter Narben haben.

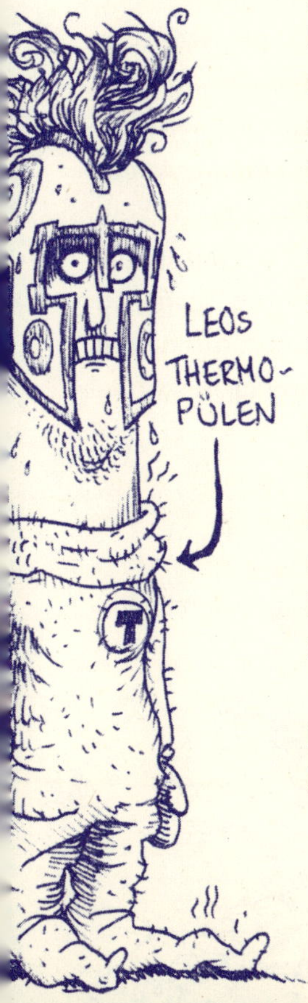

Ich komme mir vor wie Leonidas vor der Schlacht an den Thermopylen. Die mussten zu dreihundert gegen eine Million Perser kämpfen. Ich bin allein und muss gegen drei Vollpfosten kämpfen. Das Ergebnis wird dasselbe sein. Am Ende sind die Guten tot.

Bastian erklärt mir, wie der Kampf ablaufen soll. »Wir stehen voreinander und hauen uns gegenseitig so lange aufs Maul, bis einer umfällt.«

»Kann ich auch sofort umfallen?«, frage ich.

»Wenn du das tust, geht's auf dem Boden weiter.«

»Und wann ist der Kampf vorbei?«, frage ich.

»Wenn du darum bettelst, niemals geboren worden zu sein.«

Mein erster Gegner ist Rico. Er wiegt an die hundert Kilo, aber anders als bei Musti, bestehen Ricos hundert Kilo nicht aus den Stoffwechselresten von Snickers, Cola und Döner, sondern zu hundert Prozent aus durchtrainierten Muskeln.

Ich ziehe mir auch mein Shirt aus – ich habe zwar keine Muskeln, dafür aber Gänsehaut.

Dann stehen wir voreinander, Nasenspitze an Nasenspitze. Rico grinst wie ein Schlachter, der eine Schweineherde sieht. Dubcek gibt das Signal zum Kampfbeginn. Rico grinst immer noch. Er holt mit der Faust aus. Grinst immer noch. Lässt seine Faust nach vorne schnellen. Grinst immer noch. Will grade meine Nase zertrümmern. Grinst immer noch. Hält ganz plötzlich in der Bewegung inne.

Grinst nicht mehr.

»Einigen wir uns auf unentschieden?«, frage ich ihn. Grins und Doppelgrins.

»Nein, du hast gewonnen«, sagt Rico mit heiserer Flüsterstimme.

»Sicher?«

»Ja, klar, du hast gewonnen, Rohrbach. Du bist der Champ.«

Er zittert und pisst sich vermutlich gerade in die Hosen. Plätscher und Doppelplätscher.

Bastian und Dubcek, die gar nichts kapieren, flippen total aus. »Was ist los mit dir, du Weichbirne? Hat der Spinner dich hypnotisiert oder was?«, schnauzen sie Rico an.

»Nein, ich habe einfach nur verloren.«

»Blödsinn.«

»Nein, kein Blödsinn«, sagt Rico und deutet mit zitternden Fingern nach hinten.

39.

Bastian und Dubcek drehen sich um und sacken genauso in sich zusammen wie vorher Rico. Jetzt sehen auch sie, dass direkt hinter ihnen Abdi steht, Mustis Cousin. Und der wird eingerahmt von ungefähr dreiundzwanzig weiteren Cousins. Sie lächeln so freundlich wie ein Schwarm hungriger Barrakudas.

Abdi macht ein paar Schritte auf die drei Vollpfosten zu. Die schrumpfen in sich zusammen, als wären sie von einer Science-Fiction-Schrumpfkanone getroffen worden. Selbst aus ihren Muskeln scheint die Luft zu entweichen. Pfffft und Doppel-Pffffft!

Dabei müssen sie sich gar keine Sorgen machen. Abdi und die Cousins sind nicht hier, um sich prügeln. Sie wollen nur etwas klarstellen.

Abdi hüstelt und sagt ganz leise: »Hört ihr zu, Diggers. Felix ist Freund von mir, ist tabu. Haut ihr ihn Fresse, hau ich euch Fresse. Yo?«

»Yo«, antworten die drei Vollpfosten wie ein gut erzogener Schulchor.

40.

Nachdem Rico, Bastian und Dubcek mit hängenden Köpfen abgezogen sind, gehe ich zu Abdi und den dreiundzwanzig Cousins und gebe ihnen nacheinander die Hand.

»Danke, dass ihr gekommen seid. Ihr habt meinen Arsch gerettet.«

Abdi winkt ab. »Kein Problem, Alter. Hassu misch in der Nacht mit Sheriff geholfen. Habisch disch geschuldet Gefallen. Wenn du willst, machen wir aus die drei Typen Fischfutter.«

»Ne, lass stecken, Abdi. Die haben's, glaub ich, auch so verstanden.«

»Sind wir quitt, Alter?«

»Yo, wir sind quitt.«

Abdi klopft mir auf die Schulter. Dann klopfen mir die dreiundzwanzig Cousins auf die Schulter.

Danach tut mir eine Woche lang die Schulter weh. Aber ich will mich nicht beklagen.

Wie gut, dass ich an Abdi gedacht habe. Und daran, dass er mir noch einen Gefallen schuldig war.

41.

Zwei Wochen lang passiert nichts. Das heißt, es passiert doch etwas. Ich habe ein Date mit Nina!

Ja, ihr habt euch nicht verhört! Ich, der *Probleminator* und Pechvogel-Nr. 1-mit-Mädchen, habe ein Date mit Mrs *Sweetest of the Universe* persönlich! Kann mein Glück kaum fassen. Strahl und Doppelstrahl!

Das Ganze kam so: Nina war immer noch sauer auf mich und ging mir immer noch aus dem Weg.

Ich gab mir Mühe, möglichst jeden Tag einmal in der Schule mit ihr zusammenzustoßen. *Badaboom.* Sie war zwar jedes Mal sauer auf mich, aber immerhin blieben wir in Kontakt.

Als wir gestern wieder einmal zusammenstießen, fuhr sie mich stinksauer an und zischte: »Mann, Felix, das machst du doch mit Absicht?!«

»Nein, das ist Schicksal«, sagte ich.

Ihr gerade noch wutverzerrtes Gesicht verwandelte sich schlagartig und wurde zuckersüß. »Denkst du das wirklich?!«

»Ja, klar.«

»Oh, das ist toll. Ich dachte immer, Jungs glauben nicht an so was.«

»Ich schon, glaube ich…«

Sie warf mir noch einen seltsamen Blick zu und verschwand dann im Gewühl. Ich sah ihr hinterher und dabei hämmerte mein Herz in meiner Brust wie ein ganzer Trupp Strafgefangener beim Steineklopfen.

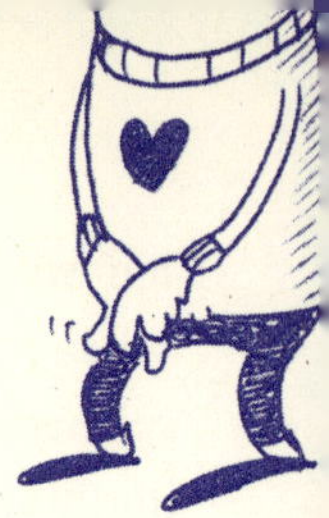

DATE 42.

Nach dieser schicksalhaften Begegnung mit Nina saß ich ausgerechnet im Englischunterricht von Mrs Ironfist. Sie erklärte uns gerade diese englische Krankheit namens *Past Perfect Progressive – I had been rumgammeling all my life –*, als mein Handy diesen Klospül-Sound von sich gab, was bedeutete, dass ich eine SMS bekommen hatte.

Ich sah aufs Display und traute meinen Augen nicht. Nina hatte mir gesimst.

Hi F. Hast du Lust, morgen Abend was zu machen? Willst du zu mir kommen? Würde mich freuen. XOXO – Nina

Ich fühlte mich, als würde ich jeweils zur Hälfte in einem Gefrierschrank und in einer Mikrowelle stecken. Zitterschwitzstöhnbibbersabberjubelwahnsinn!

Ich hatte ein Date! Ein richtiges Date! Mit dem süßesten Mädchen des Universums!

Und diese XOXO-Hugs and Kisses am Ende. Das war einfach … gigantisch!

Der gestrandete Eremit wurde also letztendlich doch noch gerettet – weil zufällig die Queen Mary II an der einsamen Insel vorbeifuhr und noch eine Luxuskabine frei hatte!

Ich machte mich sofort daran, Nina zurückzusimsen:

Ja, natürlich will ich dich morgen besuchen. Freu mich total und doppeltotal, dein F.

»Hmhm«, rhinozerosste es plötzlich direkt neben mir.

Ich blickte auf. Mrs I. stand zehn Zentimeter vor meinem Pult und hatte eine Laune wie Olli Kahn beim Hintersichgreifen. Sie quetschte ihre Augen zu mikrofaserschmalen Schlitzen zusammen und knurrte: »Erstens bekommst du für dein Benehmen einen Eintrag ins Klassenbuch. Zweitens bekommst du für deine Leistung eine Sechs. Drittens werde ich dich augenblicklich zum Rektor bringen lassen. Und viertens gibst du mir auf der Stelle dein Handy. Los, her damit.«

»Kein Thema, Mrs I. Ich nehme das Urteil an und Sie kriegen das Handy. Aber darf ich bitte vorher noch die Antwort-SMS abschicken? Bittebittebitte! Mein Leben hängt davon ab.«

»Du treibst mich noch in den Wahnsinn, Felix Rohrbach.«

»Ich dachte, da sind Sie schon, Mrs I.«

»Aaaargghhhh!«

Mrs I. gurgelte und schnaufte, dass man befürchten musste, sie würde gleich in die Luft fliegen. Aber ich schickte erst mal meine Antwort-SMS

ab. Kurz darauf kam dann auch schon Frau von Tannenbrück, unsere Schulsekretärin, herein und schleifte mich ins Rektorzimmer zu Toastermanni.

War mir aber egal. Ich hatte ein Date mit Nina. Hummdideldumm!

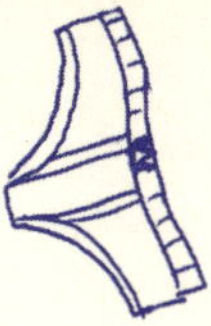

43.

Ich glaube, Dates sind ungesund. Nicht nur während man sie hat, sondern auch schon vorher.

Es ist Samstagnachmittag, in ein paar Stunden ist mein Date mit Nina und ich bin total erledigt. Binnen kurzer Zeit verliere ich mehrere Kilo Körpergewicht, ungefähr wie ein Profiboxer, wenn er mehrere Stunden im Ring steht.

Allein das ganze An- und Ausziehen! Innerhalb kürzester Zeit wechsle ich ungefähr siebenundfünfzig Mal mein Outfit. Kein Wunder, dass die Topmodels alle so ausgemergelt sind! Umziehen ist Hochleistungssport! Rein in die Klamotten, raus aus den Klamotten. Stöhn und Doppelstöhn!

Schließlich entscheide ich mich für Jeans, Sweatshirt und meine Mavericks-Jacke.

Aber damit ist das Problem noch lange nicht erledigt! Ich muss mir ja nicht nur über meine äußere Schicht Gedanken machen, sondern auch über das, was darunter ist. Mädels legen da ja sowieso unheimlich viel Wert drauf. Ich rede übrigens von Unterwäsche! Man kann ja nie wissen, was heute Abend noch so passiert. Ob wir uns vielleicht ausziehen … Schluck und Doppelschluck!

Also: Lieber Boxershorts oder Slip? Gestreift oder gepunktet? Mit Tigermuster oder einfarbig? Ist die auch wirklich frisch gewaschen? Hat keine Flecken? Riecht gut?

Hilfe und Doppelhilfe!

Noch drei Stunden bis zu meinem Date. Immerhin ist die Klamottenfrage geklärt. Aber jetzt kommt der nächste entscheidende Schritt. Körperhygiene.

Ich möchte schließlich nicht, dass Nina sich an mich kuschelt und kurz darauf ein Gesicht zieht, als hätte sie es mit einem Stinktiermännchen zu tun, das gerade seine Duftstoffdrüsen gelüftet hat!

Leider besteht so ein Körper ja fast nur aus Stellen, die komisch riechen können – Mund, Achseln, Schritt, Füße. Stink und Doppelstink! Wie soll man das alles bitte in Ordnung halten?

Einweichen! Einweichen ist immer gut. Ich lasse kochendes Wasser in die Wanne laufen, schütte eine ganze Flasche Badezusatz dazu und zwinge mich, reinzusteigen und eine halbe Stunde drinzubleiben. Zwischendurch seife ich mich zehn Mal ein, und zwar auch an

Stellen, die seit meiner Geburt nicht mehr gereinigt worden sind! Schäum und Doppelschäum.

Als ich schließlich aus der Wanne steige, begutachte ich das Ergebnis meiner Bemühungen im Spiegel – und mich trifft der Schlag!

Kreisch und Doppelkreisch!

Meine Haut ist so rot wie ein Pavianarsch! Ich sehe aus wie ein gekochter Hummer! Sollte es wirklich dazu kommen, dass Nina und ich die Hüllen fallen lassen, werde ich behaupten müssen, mein Vater sei Apache! Das Wasser war viel zu heiß! Ich habe vermutlich Verbrennungen zehnten Grades!

Ich stürze an den Badezimmerschrank. Meine Mutter besitzt eine eindrucksvolle Sammlung an Flaschen, Tuben, Dosen und Pröbchen. Das meiste sind irgendwelche Zaubermittel für schöne Haut. Da wird doch etwas dabei sein, das mich wieder normal aussehen lassen kann!

Ich nehme ein Fläschchen in die Hand, das vielversprechend aussieht, schraube es auf, schütte mir den Inhalt auf die Handfläche und reibe meinen Körper damit ein!

Argh. Das brennt aber!

Doppel-Argh! Das brennt nicht nur, das ätzt sich ja geradezu durch meine Haut durch!

Dreifach-Argh! Das halte ich nicht aus! Hilfe! Ich verbrenne! Rettet mich! Feuerwehr! Tut doch was!

Die Badezimmertür wird aufgerissen. Jack Russel kommt herein, sieht mich und bricht in schallendes Gelächter

ter aus. Mir egal. Ich halte ihr das Fläschchen hin. Sie wirft einen Blick drauf, lacht noch lauter, befördert mich dann unsanft in die Wanne zurück und spritzt mich mit der Brause ab, diesmal allerdings eiskalt.

Dann seufzt sie und sagt: »Ich weiß nicht genau, warum du dich mit Nagellackentferner einreibst, Felix. Aber falls du geglaubt hast, auf die Art deine Pickel loszuwerden, muss ich dich enttäuschen. Sieh mal in den Spiegel.«

Heiliger Clearasil-Stift! Die Geschichte mit dem Apachen wird nicht reichen. Ich werde Nina sagen müssen, dass mein Vater Lepra hat. Und meine Mutter die Beulenpest. Und ich gleich beides auf einmal. Meine Haut sieht aus wie Noppenfolie! Ungelogen. Ich *habe* nicht einen Pickel, ich *bin* ein Pickel! Von Kopf bis Fuß!

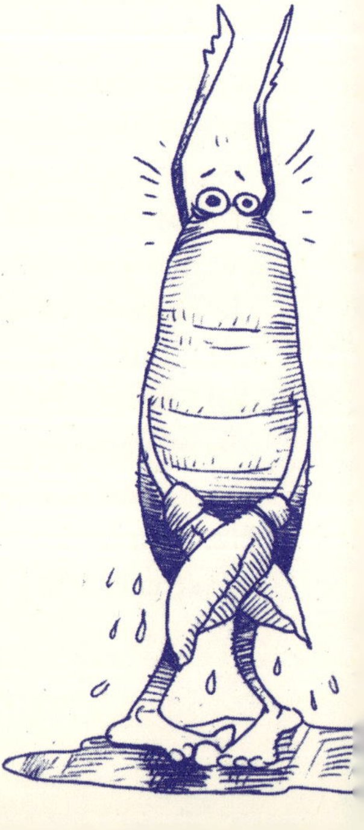

44.

Ganz klar, ich muss das Date absagen. Nina wird stinksauer sein, aber das war sie vorher schließlich auch schon.

Ich greife zum Telefon. Sie geht dran, und bevor ich etwas sagen kann, sprudelt sie auch schon los: »Hey, Felix. Super, dass du anrufst. Ich freue mich total auf heute Abend. Ich habe schon alles vorbereitet. Und ich habe mir etwas extra Tolles angezogen. Nur für dich. Das wird ein schöner Abend. So wie damals, als wir bei Starbucks waren und uns so super unterhalten haben. Seitdem finde ich dich übrigens total nett. Ich muss ganz oft an dich denken. Heute können wir uns wieder unterhalten. Oder kochen oder einen Film angucken. Wir machen es uns richtig kuschelig, du und ich. Das wird soooo klasse ... oh, tut mir leid, ich rede viel zu viel. Bin ein bisschen aufgeregt. Warum hast du eigentlich angerufen?«

»Ich ... äh ... ach, gar nichts. Ich wollte nur sagen, dass ich mich auch freue. Echt.«

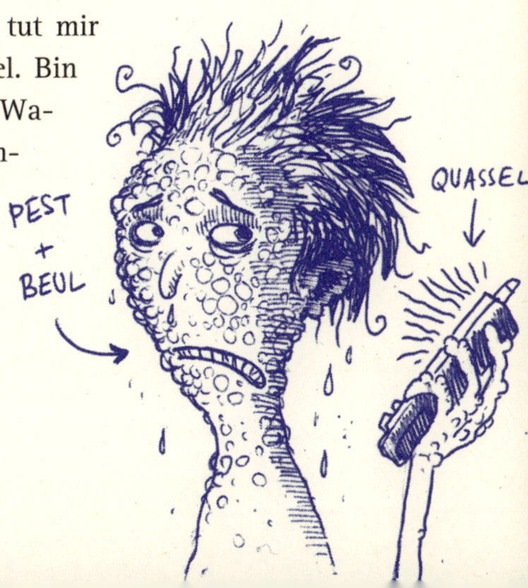

»Toll. Also bis später.«
»Ja, bis später.«

Ich lege auf. Das Date wird mein Untergang. Welches Mädchen möchte schon mit einem leprakranken Indianer kuscheln, der auch noch die Pest hat!

45.

Nina empfängt mich an der Haustür. Sie trägt ein megahottes Kleid, in dem sie gleichzeitig chic und lässig aussieht. Einfach zauberhaft! Wir verziehen uns in ihr Zimmer, ganz oben unterm Dach. Vorher gebe ich noch brav ihren Eltern, Herrn und Frau Kamphagen, die Hand. Die beiden sehen mich etwas komisch an, sagen aber kein Wort. Vor allem fragen sie mich nicht, warum ich einen dicken Schal, ein Basecap und eine riesige Sonnenbrille trage, also praktisch vermummt bin. Danke für Ihre Diskretion, Mr and Mrs K.

Ich habe Nina eine CD von den *Gym Class Heroes* mitgebracht, meiner derzeitigen Lieblingsband. Sie legt sie gleich in ihren Player und scheint ihr echt gut zu gefallen. Bingo!

Ich mache es mir auf einem Sessel bequem, sie setzt sich auf den Boden. Wir schlürfen Eistee mit Limonen-Geschmack. Laberlaber, quatschquatsch. Musik, Lehrer, meine Spray-Aktionen, ihre Tanzkarriere (sie macht Ballett), Party, Klamotten, Leute, Filme, Serien, Bücher. Unser Gespräch flutscht wie ein Stück Seife auf nassen Badezimmerfliesen.

Dann sagt Nina: »Hey, wollen wir uns nicht aufs Bett setzen? Ist bequemer.«

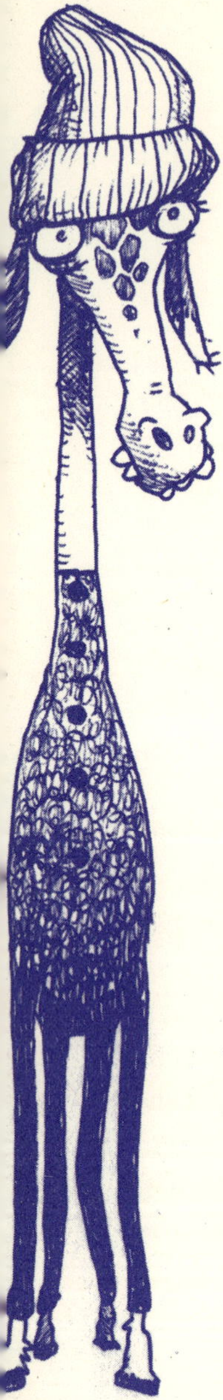

»Ja, klar, gute Idee«, sage ich mit heiserer Stimme.

Wir setzen uns auf die Bettkante, nicht direkt nebeneinander, aber auch nicht zu weit weg. Quatschen weiter über alles Mögliche. Ich rutsche ein Stück an sie heran, sie rückt ein Stück an mich heran.

Schließlich berühren sich unsere Beine. Mein Herz pocht wie ein Treckermotor auf Hochtouren. Und ich glaube, ihres genauso. Wir sagen nichts mehr. Meine Körpertemperatur reicht jetzt für eine Kernfusion. Hilfe und boa, ist das aufregend. Sie ist so süüüüß!

Verdammt, ich muss jetzt irgendwas tun. Sie küssen zum Beispiel. Aber was, wenn sie das gar nicht will? Das wäre übel. Aber was, wenn sie es will und ich es nicht mache? Das wäre doppelübel.

O.k., wenn sie wenigstens mal den Kopf zu mir drehen würde. Tut sie aber nicht. Vielleicht habe ich Mundgeruch? Nein, kann nicht sein. Habe mir vorhin siebzehn Mal die Zähne geputzt, und zwar jeden Zahn einzeln.

Dann dreht sie ganz plötzlich den Kopf zu mir. Ich schließe die Augen. Jetzt passiert es. Wir werden uns küssen. Garantiert. Das zwischen uns ist nicht nur Magnetismus. Das ist Hypergravitation.

Aber dann sagt Nina bloß: »Mann, Felix. Jetzt zieh endlich die bescheuerte Mütze, den Schal und die Sonnenbrille aus. Ich kann dich ja gar nicht sehen!«

46.

Am nächsten Tag ist mein Date mit Nina an der Schule Thema Nr. 1, jedenfalls unter meinen Freunden. Ich muss ihnen alles haarklein erzählen. Als ich fertig bin, sehen Musti, Spike & Mike mich irgendwie enttäuscht an.

»Hast du nicht mal Kuss gemacht, Alter?«, fragt Musti kopfschüttelnd.

»Du hast sie nicht befummelt, du Idiot?«, fragt Mike.

»Haaaast du wenigstens die CD wieder mitgenommeeeen, wenn schon nichts mit ihr gelaufen iiiiist?«, fragt Spike und grinst gut gelaunt.

»Nein, nein und nein. Habe ich alles nicht gemacht. Aber es war trotzdem ein toller Abend.«

Die Jungs zucken mit den Schultern und werfen sich Blicke zu.

»Ist Felix voll verknallt, Leute«, sagt Musti.

»Aber so was von«, ergänzt Mike.

»Knallvoll voll verknallt«, packt Spike noch obendrauf.

Ich zucke mit den Schultern. »Kann schon sein, Jungs. Und jetzt entschuldigt mich bitte. Dort vorne kommt sie nämlich. Und ich möchte nicht, dass sie mich mit euch zusammen sieht. Sie glaubt nämlich, dass ich nur Umgang mit normalen Leuten habe.«

Jetzt grinse ich und die drei sehen aus wie Koikarpfen, die ein Tsunami an Land gespült hat. Kleine Späße unter Freunden müssen sein!

47.

Eine Woche lang passiert nichts. Jedenfalls nichts in Sachen Nina. Wir quatschen zwar immer mal auf dem Schulhof miteinander, aber unseren gemeinsamen Abend bei ihr erwähnen wir nicht. Verdammt, ich glaube, sie will nichts mehr von mir wissen. Ich hab's versaut. Schnief und Doppelschnief!

Ich gehe zum Hautarzt, und der meint, so etwas hätte auch er noch nie gesehen. Er will Fotos von mir machen und sie in einer Fachzeitschrift für Pickelkunde veröffentlichen. Ich frage, ob ich dafür ein Honorar bekomme, aber er schüttelt den Kopf. Da schüttele ich dann auch den Kopf. Besser so. Möchte schließlich nicht als Pickel-Modell in Ärztezeitschriften Karriere machen.

Immerhin verschreibt er mir eine Salbe und meint, in einer Woche würde man nichts mehr sehen.

48.

Ich habe schlechte Laune, aber ein paar Dinge lenken mich ab.

Spike hat eine Methode gefunden, schneller zu reden. Er spricht nur noch in Einwort-Sätzen. Sogar im Unterricht. Als Herr Bommel ihn fragt, ob er den Inhalt von Goethes Werther kurz zusammenfassen könne, sagt er: »Mann. Frau. Aua. Tod.«

Mike erzählt uns, dass er jetzt mit Luisa aus der Parallelklasse zusammen ist. Sie ist hot und wir gratulieren ihm zu seinem Glück. Am nächsten Tag sagt Mike, dass er sich wohl vertan hätte. Die Tatsache, dass Luisa sich im Bus neben ihn gesetzt hat, hätte wohl doch nichts zu bedeuten gehabt, zumal sie nicht einmal mit ihm geredet hätte.

Jack Russel überlegt, für ein halbes Jahr in die USA zu gehen. Verdammt, denke ich. Erstens hätte ich dann sechs Monate niemanden zum Ärgern und zweitens würde die ungefilterte Erziehungswut meiner Eltern dann nur auf mich niedergehen. Kommt nicht infrage. Ich zeige Jack die neue *Dawn of the Dead*-Verfilmung von Zack Snyder und behaupte, es wäre eine Doku über die USA. Die Sache geht leider schief. Jack erklärt mir, dass die Zombies sie an mich erinnern würden und sie dann ja nicht so einsam wäre.

49.

Ich bin mit Nina verabredet. Boaboaboa! Es ist doch noch nicht alles verloren. Freu und Doppelfreu!

Wir gehen ins Kino und sehen uns *Spiderman* in 3-D an. Danach gehen wir noch etwas trinken im FiftyFive. Ich nehme meinen ganzen Mut zusammen und zeige ihr meine neuesten Skizzen von *Itazura Man,* meinem Chaos-Superhero. Nina ist total beeindruckt und sieht mich verliebt an. Ich zeige ihr die Folge, in der *Itazura Man* seine Freundin Ninuko Kawamura aus einem brennenden Hochhaus rettet (das er vorher aus Versehen selbst angezündet hat). Am Ende küssen die beiden sich.

»Wie findest du das Ende?«, frage ich sie.

»Romantisch. Ganz toll. Du hast viel Talent, Felix«, sagt sie.

»Würdest du selbst gerne so etwas erleben?«

»Du meinst, in einem brennenden Hochhaus zu sein?«

»Nein, ich meinte eher …«

Oh Gott, ich halte lieber die Klappe, bevor ich mich so lächerlich mache wie Mike mit seiner Luisa. Die Tatsache, dass sich ein Mädchen im Bus neben dich setzt, heißt absolut überhaupt gar nichts. Dass sie mit dir ins Kino geht, ist schon etwas anderes. Aber es heißt auch noch nicht unbedingt, dass sie etwas von dir will!

50.

Ich mache mir Sorgen um meine Eltern. Ich glaube, sie sind krank und ich sollte dringend mit ihnen zum Arzt gehen.

»Was fehlt Ihren Eltern denn?«, würde der Arzt fragen.

»Ach, Herr Doktor. Die beiden bekommen alle paar Tage schlimme Krämpfe und dann reden sie wirres Zeug. Sie wollen, dass ich mein Zimmer aufräume und meine Hausaufgaben mache. Außerdem verbieten sie mir, meine Freunde zu treffen und abends lange wegzubleiben.«

Der Arzt nickt bedächtig und sagt: »Ganz klar, ein Fall von Verbieteritis. Dazu noch Anflüge von Aufräumose. So etwas kann schlimm werden. Ich schreibe ihnen mal ein Medikament auf. Es heißt Lockerosan und hilft beim Entspannen. Für schlimme Fälle gibt es noch ein paar Zäpfchen der Marke Chilldad und ein paar Drops von Schnauzomom. Bewährte Mittel. Geben Sie ihnen reichlich davon.«

Meine Eltern, die bisher nur eingeschüchtert dabeigesessen haben, stimmen ein ohrenbetäubendes Geschrei an. »Nein, nein, wir nehmen keine Pillen. Außerdem verbieten wir dir so viel, wie wir wollen. Und Hausarrest bekommst du auch. Und räum gefälligst dein Zimmer auf ...«

Ich sehe die beiden an, fühle erst Mom und dann Dad besorgt die Stirn.

»Gott, ihr seid ja ganz heiß. Ab ins Bett mit euch! In ein paar Tagen seid ihr wieder gesund.«

Beleidigt grummelnd schlucken sie ihre Pillen und ziehen sich ins Schlafzimmer zurück. Ich rufe meine Kumpel an, verabrede mich mit ihnen und bleibe ohne Probleme die halbe Nacht weg …

… und dann wache ich auf und merke, dass ich einfach nur einen wunderbaren Traum hatte. Mann, das Leben könnte ja so schön sein. Seufz und Doppelseufz!

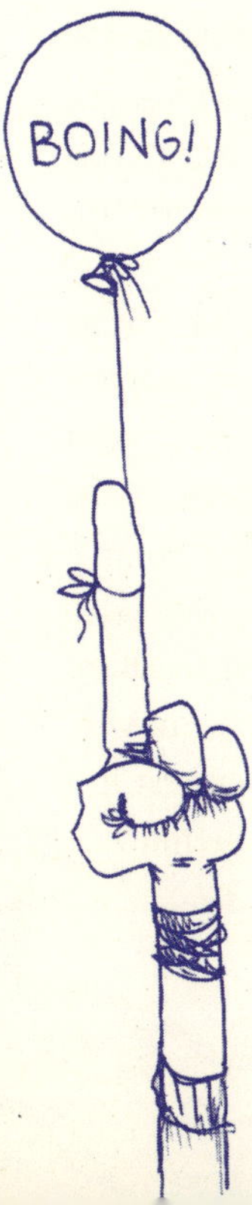

51.

Eigentlich sind meine Eltern ja ganz in Ordnung, sofern Eltern das überhaupt sein können.

Mein Dad ist wie gesagt Architekt und baut Hochhäuser, von denen die meisten noch nicht wieder eingestürzt sind. Meine Mom ist Rechtsanwältin und verteidigt ab und zu sogar Promis. Dann sieht man sie im Fernsehen, wie sie gerade erklärt, dass ihr Klient, der sagenhafte Till Schwätzer, nur deshalb mit 250 Stundenkilometer durch die Tempo-30-Zone gefahren ist, weil die Paparazzi hinter ihm her waren. Er wäre also nicht Täter, sondern Opfer.

Wieso sagt sie so etwas nie, wenn ich mal wieder irgendeinen Mist gebaut habe?

An diesem Abend gehen wir alle zusammen in einem japanischen Restaurant essen. Mom und Dad stehen da voll drauf: roher Fisch, Algen, schleimige Sojabohnen mit Käsefußaroma. Ich glaube, die japanische Küche ist auf dem Stand von vor fünf Millionen Jahren stehen geblieben, als Menschen noch Einzeller waren und durch den Urozean trieben.

Aber immerhin darf ich hier mal so viel Cola trinken, wie ich will. Und ein paar Sushi-Sorten finde

ich sogar ganz annehmbar. Die mit Garnelen zum Beispiel oder die mit Rührei.

»Gibt es eigentlich irgendetwas zu feiern?«, frage ich zwischendurch. Die Idee mit dem Essengehen kam überraschend und hat mich misstrauisch gemacht.

Mom lächelt seltsam. »Nein, wir wollten einfach mal wieder etwas Schönes unternehmen und uns ungestört mit euch unterhalten.« Oh nee. »Dann unterhaltet euch doch ungestört mit Jack Russel. Die findet das sicher super«, antworte ich hastig.

Aber auch mein Dad grinst nur komisch. Er ignoriert meinen Vorschlag und sagt: »Erzähl uns doch mal was von deiner neuen Freundin, Felix. Diese Nina. Ist bestimmt ein nettes Mädchen, oder? Wie war es denn im Kino mit ihr?«

Jack Russel hat also mal wieder geplaudert! Als Strafe verpasse ich ihr unter dem Tisch einen Fußtritt, mit dem man auch ein Fieldgoal von der Null-Yard-Linie erzielen könnte. Jack schreit auf, beugt sich nach unten, reibt sich ihr Schienbein und stößt als Nächstes mit dem Kopf gegen die Tischplatte, als sie sich wieder aufsetzen will.

Lach und Doppellach!

Meine Eltern bleiben hartnäckig. Mom: »Wirklich, Schätzchen. Erzähl uns doch was über dieses Mädchen, das dein Herz erobert hat.« Ich verdrehe

innerlich die Augen und möchte genau in diesem Augenblick nach Alaska auswandern.

Mein Dad hüstelt und schiebt noch hinterher: »Ach ja, und wenn du mal bei ihr übernachten möchtest … oder sie bei uns. Das ist gar kein Problem. Wirklich, du weißt ja, da sind wir ganz locker und offen.«

Oh Gott, mach Atomdampf aus mir. Oder schenk mir wenigstens neue Eltern! Sie erlauben mir, eine Nacht mit Nina zu verbringen, obwohl ich sie in Wahrheit noch nicht einmal geküsst habe! Grumpfpixverdammtwürgkotz! Was soll ich jetzt sagen? Dass sie das weniger als nichts angeht?

Ich habe eine bessere Idee und antworte mit leiser Stimme: »Das ist echt nett von euch. Dann müssen wir wenigstens nicht wieder Sex auf einer Parkbank haben. War total unbequem. Außerdem haben so viele Leute zugesehen.«

Dad spuckt vor Schreck sein Thunfisch-Sushi quer durchs Lokal. Mom verschluckt aus Versehen eine Riesenportion chilischarfe Wasabi-Paste und fängt sofort an zu niesen, zu weinen, zu röcheln und zu schniefen. Ich glaube, die beiden bekommen gleich einen Synchron-Erstickungsanfall.

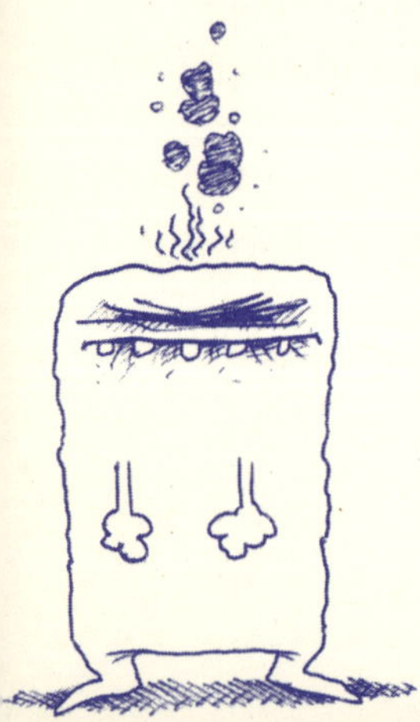

Ich erlöse sie und sage: »Das war ein Witz, Leute! Wenn es wirklich so weit ist, sage ich euch Bescheid. Aber bis dahin geht euch die Sache echt nichts an. Und diesen Wurmfortsatz, den ihr meine Schwester nennt, schon gar nicht.«

Jack Russel ist wegen des Fußtritts sowieso schon auf hundertachtzig. Jetzt brechen

endgültig alle Dämme und sie schreit: »Rede nicht so mit mir, du Klärschlammschlürfer.«

»Ich rede mit dir, wie ich will, Filzlausakrobatin!«

»Halt die Klappe, Hundewurstlutscher.«

»Halt sie selbst, Mädchenimitat!«

»Hirnvermisser!«

»Palöozoikumsrelikt!«

»Gorillaarschhaarspange!«

Unsere Eltern hören uns eine Weile ungläubig zu. Dann sagt meine Mom: »Nächstes Mal sollten wir zu McDonald's gehen. Da fällt so ein Verhalten wenigstens nicht auf.«

Jenni und ich sind schlagartig ruhig und lächeln gut

gelaunt: »Endlich mal eine gute Idee, Mom«, verkünde ich.

»Endlich hat Felix mal voll und ganz recht«, sagt Jenni.

Wir sehen uns alle vier an – und prusten dann so laut los, dass uns alle Gäste im Restaurant anstarren. Ich bin mir sicher, dass sie uns beneiden. Wenn es eine Doku über die Rohrbachs gäbe, müsste die auf Comedy Central laufen.

52.

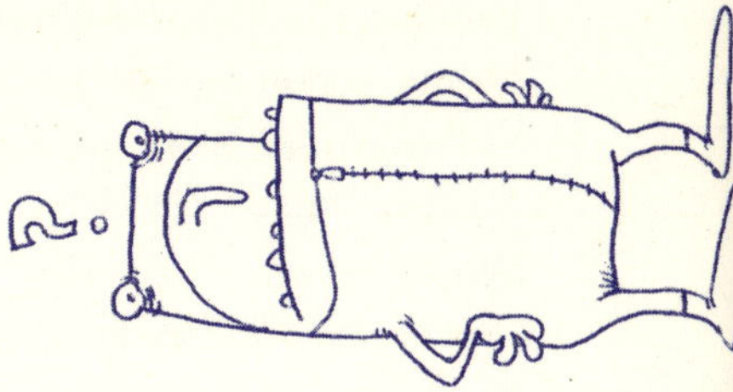

Es kribbelt. Tief in meinem Inneren machen Millionen Ameisen Stepptanz! Raddadabong. Zoomzoom. Knisterplister! Ein untrügliches Zeichen dafür, dass es an der Zeit ist, mal wieder irgendeinen Megamist zu bauen!

Die Gelegenheit dazu ergibt sich schneller als gedacht. Am Freitag stehe ich mit den Jungs auf dem Schulhof. Spike schiebt seinen blickdichten Dreadlock-Vorhang ein Stück zur Seite, sieht uns mit einem Auge an und sagt: »Autorennen. Samstag. Hingehen! Hingehen?«

Ich verstehe kein Wort. Mike zuckt auch mit den Schultern. Musti ergreift die Initiative und sagt: »Kannssu reden nisch normal oder was? Versteht disch nisch kein Mensch, Digger, mussu machen ändern, kommssu sonst Anstalt, weissu?!«

Spike schiebt noch mehr am Vorhang, sodass auch das zweite Auge befreit wird, sieht Musti an und krümmt sich vor Lachen. Dann sagt er: »Oookay, haaast ja recht, Musti. Also Foooolgendes Leute: Ich kenne doch diesen Chriiiistoph-Dude, weil der im Haus gegenüber von meinem Onkel seinem Skatfreund im Schrebergarten von dem Vereinsvorsitzenden woooohnt.«

»Ja, klar. Christoph halt«, fasse ich kurz zusammen.

Spike nickt. »Geeeenau. Ein totaler Dude, der Kerl.

Fährt einen 1970er Ford Mustang mit aufgesägter Motorhaube und 6-Liter-V12-450-PS-Maschineeee. Hinten, vorne, an der Seite voll Paintbrush-Look. So Sonnenuntergang und so Deeelfine und so Bikini-Girls. Haaaammer.«

Mike unterbricht ihn: »Wenn du nicht langsam zum Punkt kommst, sind wir volljährig und können sowieso nichts mehr tun, was uns unsere Eltern verbieten könnten. Also mach hinne.«

Spike braucht ein paar Sekunden, bis er versteht, was Mike ihm sagen will. Dann nickt er und sagt: »Jeeedenfalls hat Christoph mir etwas geflüstert. Es gibt morgen Nacht ein illegales Straßenrennen im Industriegebiet. Alles wird da sein, was oooordentlich PS unter der Haube hat. Hingehen?«

DAS ist die Antwort auf mein Kribbeln. Grins und Doppelgrins. »Natürlich gehen wir hin. Das wird krass«, sage ich.

»Oberkrass«, sagt Mike.

»Yo«, sagt Musti.

53.

Ich dachte immer, wenn man etwas Verbotenes tut, sollte man versuchen, dabei möglichst leise zu sein. Für verbotene Straßenrennen gilt das nicht. Wir sind noch einen guten Kilometer vom Ort des Geschehens entfernt, als wir schon das ohrenbetäubende Brummen und Fauchen der hochgezüchteten Rennmaschinen hören. Knatter und Doppelknatter!

Während wir uns der Rennstrecke nähern, streiten wir die ganze Zeit darüber, was uncooler ist: Zu Fuß bei so einem Rennen aufzutauchen? Oder mit dem Fahrrad?

»Es ist natürlich viel cooler per Bike. Wir müüüüssen uns nicht verstecken«, erklärt Spike und grinst breit. Er hat gut reden. Immerhin fährt er ein Pimp-Bike mit Knaufgang-Schaltung, Ballonreifen und eingebauten Boxen, an die man einen MP3-Player andocken kann.

»Du bist cool, keine Frage. Aber hast du an ihn gedacht?«, fragt Mike und deutet auf Musti.

Musti hat kein eigenes Rad und hat sich darum das Bobby-Car seiner zweijährigen Nichte Inci ausgeliehen.

Spike nickt zerknirscht. »Alles klar, wir lassen die Räder hier und gehen zu Fuß.«

»Okay«, sagt Mike.

»Okay«, sage ich.

»Okay. Geht ihr zu Fuß. Fahre isch mit meinem heißen Schlitten hier«, sagt Musti und grinst.

54.

Es ist inzwischen Anfang Dezember und draußen so kalt wie am Nordpol. Trotzdem haben wir uns lässig angezogen, wie es der Anlass erfordert. T-Shirts, Jeans, Jacke. Keinen Schal, keine Mützen.

Das heißt, Spike trägt eine rot-grün-gelbe Strickmütze, aber die hat er immer auf, sogar im Sommer bei 43 Grad im Schatten. Wir vermuten, dass die Mütze längst an seinen Dreads festgewachsen ist und er sie nur mithilfe eines Skalpells abnehmen könnte. Außerdem ist sie vermutlich bewohnt. Insektenforscher würden dort wahrscheinlich bisher unbekannte Spezies entdecken. Müffel und Doppelmüffel.

Wir erreichen die Location. Benzingestank, ohrenbetäubendes Geknatter, heiße Schlitten ohne Ende. Voll Formel 1 – nur eben illegal.

Rechts und links der Fahrbahn stehen durchtrainierte Typen mit Tattoos auf den Armen und Bierflaschen in der Hand. Dazu ein paar superheiße Mädels, die trotz der Temperaturen hautenge Jeans und Bikini-Tops tragen. Uns quellen die Augen aus dem Kopf. Plopp und Doppelplopp.

Dann ist es so weit. Die ersten beiden Wagen fahren zur Startlinie vor. In der Mitte steht ein Topmodel, das eine schwarz-weiß karierte Fahne schwenkt. Die Fahrer treten mächtig aufs Gaspedal und lassen ihre Motoren aufheulen. Es gilt, eine vierhundert Meter lange Strecke möglichst in null Komma null Sekunden zurückzulegen.

Die Frau reißt die Fahne nach unten – das Startsignal. Die Wagen schießen davon, wie von einem Katapult abgeschossen. Ein hochgetunter Golf und ein Dragster-Porsche. Die Menge kreischt. Fotos und Videos werden gemacht. Als die Wagen die Ziellinie erreicht haben, wandern ein paar Geldscheine von Hand zu Hand.

Hammer und Doppelhammer. Bisher dachte ich, so etwas gibt es nur im Fernsehen. Aber das hier ist alles real life! Und die Tatsache, dass jederzeit die Polizei auftauchen und jeden der hier Anwesenden verhaften könnte – also auch uns –, erhöht den Nervenkitzel um einiges!

Bei den nächsten Rennen wetten auch Musti

und Spike. Dafür geben sie ihr gesamtes Taschengeld einem Typen, der mehr Tattoos auf der Haut hat als eine zehnköpfige Yakuza-Gang. Er hat sogar ein Tränen-Tattoo unter dem Auge und ein Popel-Tattoo unter der Nase.

Super-Capri vs. Tune-Carrera
Monster-Pick-up vs. Turbo-Jeep
Lack-Ferrari vs. Elektro-Tesla

Drei Rennen später ist Spike pleite und Musti fächelt sich mit einem fetten Bündel Scheine Luft zu. In Gelddingen macht ihm niemand etwas vor. Cash und Doppelcash!

Plötzlich wird es dunkel. Es ist natürlich sowieso dunkel, weil es mitten in der Nacht ist. Aber jetzt verdunkelt sich unsere Umgebung wie bei einer Sonnenfinsternis.

Ich habe kein gutes Gefühl.

Ich habe sogar ein richtiges Ohoh-shitshitshit-Gefühl!

Dann drehe ich mich gaaaaaanz vooooorsichtig um und sehe sie. Die beiden Gorillas, deren Schatten auf uns gefallen ist.

Es sind zwei vollbärtige Fleischberge in Jeans und Lederwesten, auf denen das Emblem des *MC Death Brea-*

thers zu sehen ist. *MC* steht für Motorrad-Club. Und *Death Breathers* steht für… will ich gar nicht wissen. Schluck und Doppelschluck.

Jetzt drehen sich auch Musti, Spike & Mike um und erstarren genauso wie ich.

Der eine Breather lässt seine Fingerknöchel knacken und brummt mit einer Stimme, die so tief ist wie ein Donnergrollen: »Habt ihr Küken denn auch Eintritt bezahlt?!«

»Wir mögen nämlich keine blinden Passagiere«, röhrt der zweite, der eine überraschend hohe Quietschstimme hat – ungefähr wie Spongebob. Am liebsten würde ich laut loslachen, mach's aber besser nicht. Ich glaube, die beiden hier verstehen keinen Spaß.

»Eintritt? Davon war nie die Rede! Oder, Spike?«, frage ich mit zitternder Stimme.

Spike grinst, weil er einfach immer grinst. »Naaa jaaa, kaaann sein, dass Chriiistoph so was erwääähnt haaat und…«

»Her mit der Kohle«, sagt der Donner-Breather und deutet auf Mustis Scheinesammlung.

»Kannssu träumen davon, Alter. Ist mein Geld, bleibt mein Geld. Yo?«

Der Breather lacht scheppernd. »Wie redest du denn? *Yo?!* Ist das türkisch?«

»Ist Rapperslang, glaubbsu besser«, entgegnet Musti unbeeindruckt.

Die Geduld der Rocker ist so lang

wie eine Flohwimper. Der mit der Sponge-Bob-Stimme sagt: »Is ganz einfach, Jungs. Ihr zahlt. Oder ihr fahrt.«

»Okay, wir fahren«, sagt Mike sofort und atmet hörbar auf.

»Genau, wir fahren«, sagen auch wir anderen erleichtert.

Die Rocker grinsen. Der mit der Donnerstimme sagt: »Okay, einverstanden. *Fahren* heißt übrigens nicht, dass ihr *weg*fahrt. Es heißt, dass ihr an einem Rennen teilnehmt. Das wird spaßig.«

55.

Diese Nacht wird leider die letzte meines kurzen, aber glücklichen Lebens werden. Schnief und Doppelschnief.

Ich hoffe, ich bekomme wenigstens einen hübschen Grabstein. Vielleicht in Form eines Rennwagens.

Die Rocker führen uns wie Strafgefangene zu ihrem Fuhrpark. Immerhin besteht der nur aus 1a-Superedel-Spitzenautos. Vermutlich alle geklaut. Aber darauf kommt es jetzt auch nicht mehr an.

Wir entscheiden uns für einen Porsche Panamera Viersitzer in Schwarzmetallic mit Turbobooster und vier Auspuffrohren. Röhr und Doppelröhr!

Musti setzt sich hinters Steuer, weil er in letzter Sekunde zugibt, dass er eigentlich ganz gut Auto fahren kann. Obwohl er genau wie wir anderen erst fünfzehn ist. Sein Onkel 8. Grades in Antalya lässt ihn dort immer Auto fahren. »Bist du Mann, fährst du Auto«, meint der Onkel.

Ich setze mich auf den Beifahrersitz, Spike & Mike gehen nach hinten. Der Donner-Breather beugt sich noch einmal zum Fenster herein. »Wenn ihr versucht, mit dem Wagen durchzubrennen, seid ihr geliefert! Unser Publikum will eine astreine Show sehen. Versucht also zu gewinnen!«

»Was ist, wenn wir nicht gewinnen?«, will ich wissen.

Der Breather lacht und es klingt wie Darth Vader mit Husten. »Dann seid ihr tot, ihr Küken. Ich wette mein Geld auf euch. Weil ich weiß, dass ihr mich nicht enttäuschen werdet.«

56.

Wir rollen vor zur Startlinie. Unser Gegner ist ein Nitromethan-Dragster mit Reifen so groß wie bei einem Jumbo. Der Schlitten beschleunigt vermutlich in drei Sekunden auf Lichtgeschwindigkeit. Am Steuer sitzt ein Typ mit Spiegelsonnenbrille und Spinnennetz-Tattoo am Hals. Er grinst uns durch die Scheibe an und dabei funkelt der Diamant in seinem Schneidezahn.

Dann saust die Startfahne nach unten. Der Dragster zischt davon wie ein Spaceshuttle. Seine Rückleuchten sehen wir als lang gezogenen roten Strich vor uns.

Wir zischen weder ab wie eine Rakete noch ziehen wir einen roten Streifen hinter uns her. Eigentlich bewegen wir uns überhaupt nicht.

Musti rüttelt an der Gangschaltung, flucht und sagt: »Ist scheiße Auto, das hier. Findisch ersten Gang nicht. Kannisch nur Automatik.«

Alles klar, denke ich. Das war's.

Spike meldet sich von hinten zu Wort. Er grinst (weil er immer grinst) und sagt: »Iiiich frage mich üüüüübrigens, wie weit so ein Dragster ohne Benziiiiin kommt.«

Ich drehe mich zu ihm um. »Wie kommst du da drauf?«

»Habe ihn leeeeeeer gesaugt. Sicherheitshalber.«

Zum Beweis hält Spike einen Plastikschlauch hoch, der nach Benzin stinkt.

Zum ersten Mal glimmt so etwas wie Hoffnung in mir auf. Ich drehe mich wieder nach vorne und werfe einen Blick durch die Frontscheibe. Tatsächlich. Der Dragster steht ungefähr hundert Meter vor der Ziellinie und rührt sich nicht mehr. Der Spiegelsonnenbrillen-Typ kickt voller Wucht gegen die Radkappen und stößt sehr unappetitliche Flüche aus.

Endlich findet Musti den ersten Gang. Wir fahren los. Schön langsam. Dreißig Stundenkilometer. Mehr ist hier sowieso nicht erlaubt. Wir haben es nicht eilig.

Dann rollen wir an dem Dragster vorbei, dessen Besitzer gerade vor Wut seine eigene Sonnenbrille auffrisst. Wir winken ihm zu. Schließlich tuckern wir über die Ziellinie. Die beiden Death Breather würden uns vermutlich am liebsten vierteilen, köpfen, schreddern und an ihre Aquariumsfische verfüttern. Aber keine Chance. Die Menge ist völlig aus dem Häuschen und jubelt uns zu! Sie sind alle auf unserer Seite!

57.

Wieder einmal bin ich mit heiler Haut davongekommen. Staun und Doppelstaun! Erst die Sache mit dem Einbruch in die Fabrik. Dann der Fightclub. Und jetzt habe ich sogar noch an einem illegalen Straßenrennen teilgenommen.

Ich glaube, mein Schutzengel gehört zu einer Spezialeinheit für besonders schwierige Fälle. Er macht einen wirklich, wirklich guten Job! Ich hoffe, er bekommt von seinem Geschwaderkommandanten einen Orden verliehen. Oder vielleicht so ein paar Spezialflügel, mit denen er noch schneller fliegen kann.

Trotzdem will ich mein Schicksal nicht noch mehr herausfordern. Mein Schutzengel hat Urlaub verdient. Ab sofort werde ich keinen Mist mehr bauen. Schwör und Doppelschwör!

58.

Zum Glück wird es trotzdem nicht langweilig. Auf Spike ist in diesen Dingen immer Verlass. Der ist mindestens genauso ein Superchaot wie ich und immer für eine Überraschung gut.

Heute Morgen kommt er in einem komplett neuen Look zur Schule. Von Kopf bis Fuß in Weiß. Nicht mal seine Rastalocken sind noch zu sehen.

Wir starren ihm entgegen, und erst als er uns schon fast erreicht hat, erkennen wir, dass seine neuen Klamotten aus Gips bestehen – Beine, Arme, Bauch, Brust, Kopf –, alles knallhart verpackt. Er sieht aus wie eine Mumie. Was auch erklärt, warum er in einem Rollstuhl sitzt und von seinem älteren Bruder Tobi geschoben wird.

»Was ist denn mit dir passiert?«, frage ich ihn.

»Hab Sport gemacht«, antwortet Spike durch das kleine Sprech- und Atemloch in seinem Gipshelm.

»Warssu Fallschirmspringen ohne Fallschirm oder was?!«, fragt Musti.

Spike schüttelt den Kopf – das heißt, er versucht, den Kopf zu schütteln. Geht natürlich nicht. Stattdessen gibt der Gips ein hohles Klong-Ge-

räusch von sich. »Quatsch. Ich habe Parkour gemacht«, erklärt er.

»Was das?«, fragt Musti.

»Freerunning. Ihr wisst schon, an Mauern und Häusern hochklettern, über Autos springen, Saltos über Zäune machen.«

»Und?«, fragt Mike.

»Frag nicht so blöd. Hat nicht geklappt. Sieht man doch. Bin abgestürzt. Und jetzt möchte ich nicht mehr darüber sprechen«, sagt Spike.

»Warum bleibst du nicht zu Hause?«, fragt Mike.

»Weil ich jemanden brauche, der mich füttert, der mich kratzt und der mir beim Pinkeln hilft. Meine Eltern müssen arbeiten.«

»Gut, dass du einen Bruder hast«, sagt Mike.

Tobi, der zwei Jahre älter ist als wir, stößt ein höhnisches Lachen aus. »Vergesst es. Das ist euer Job, Jungs. Ich rühre keinen Finger mehr für den Spinner.«

Tobi zieht ab und lässt uns mit der Spike-Mumie zurück.

»Also, ich mach's nicht«, sagt Mike, dreht sich um und geht.

»Habe isch auch nicht keine Zeit für«, sagt Musti – und ist ebenfalls verschwunden.

»Tja, tut mir leid, Spike«, sage ich. Grins und Doppelgrins.

Ich steige die Treppen zur Eingangstür rauf, während Spike in seinem Rollstuhl auf dem Schulhof zurückbleibt, unfähig, sich zu bewegen.

»Hey, das könnt ihr doch nicht machen! Jungs! Ihr seid meine Freunde! Verdammt, kommt zurück!«

Zufälligerweise fängt es gerade in diesem Moment an zu schneien. In ein paar Stunden wird Spike tiefgefroren sein. Schade, er war so ein netter Kerl.

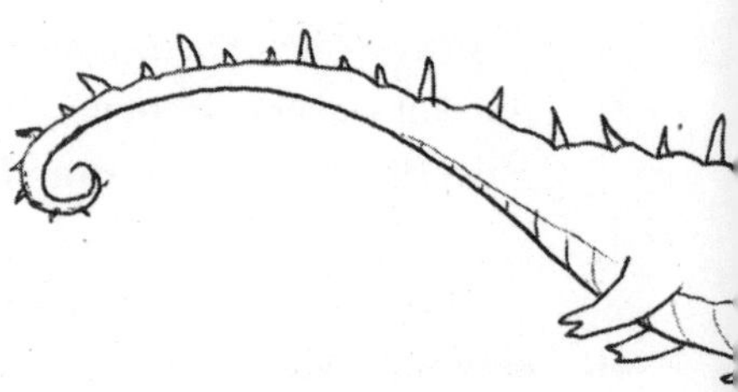

59.

Wir lassen Spike natürlich doch nicht sterben. War nur Spaß. Außerdem merken wir, dass er uns in seiner Gips-Verkleidung verdammt nützlich sein kann. Zufällig schreiben wir nämlich morgen eine Chemie-Klausur.

Abends und die halbe Nacht bekritzeln wir Spikes Ganzkörpergips komplett mit chemischen Formeln – er ist sozusagen unser wandelnder Spickzettel.

Am nächsten Morgen während der Klausur will die ganze Klasse möglichst nahe bei Spike sitzen – eine Erfahrung, die völlig neu für ihn ist. Normalerweise halten die Leute eher Abstand zu ihm, wegen seiner Rasta-Stinkmütze.

Dr. Schnega, unser Chemie-Lehrer, ist wütend und will Spike vom Unterricht ausschließen. Aber das geht natürlich nicht, es sei denn, er schließt uns auch vom Unterricht aus. Spike braucht uns schließlich, zum Kratzen, Popeln und Pinkeln.

»Oder wollen Sie das machen, Herr Schnega?«, frage ich ihn mit Unschuldsmiene.

»In Ordnung, Spike kann bleiben«, sagt er grummelnd.

Zum ersten Mal seit der Steinzeit bekomme ich in Chemie eine gute Note!

60.

Ab und zu habe ich den Verdacht, dass ich hochbegabt bin und das der Grund ist, warum mich die meisten Dinge langweilen. Schule zum Beispiel.

Mein Hirn ist wie ein Formel-1-Bolide, der in einer 30er-Zone fahren muss. Brain und Doppelbrain!

Okay, es kann natürlich auch sein, dass mich die Dinge langweilen, weil ich sie einfach nicht verstehe. Ist alles viel zu hoch für mich.

Oder sie langweilen mich, weil sie einfach langweilig sind. Ja, das wird's sein!

61.

Die Wahrheit über die Qualität meines Gehirns erfahre ich schneller als gedacht. Im Bio-Unterricht machen wir einen Intelligenztest. Dafür müssen wir lauter seltsame Aufgaben lösen und haben dazu so gut wie keine Zeit.

Das Ergebnis ist niederschmetternd.

Ich bin weder hyperintelligent noch schweinekotelettdoof. Ich bin: Durchschnitt! Mein IQ hat langweilige 115 Punkte!

Noch viel überraschender ist das Ergebnis von Musti. Mein dicker Freund ist megahypereinsteinintelligent. Er knackt den Highscore mit einem IQ von 140 und ist damit der Schlauste in der ganzen Klasse! Unser Bio-Lehrer und wir Mitschüler gratulieren ihm.

Dann fällt mir Mustis seltsames Grinsen auf.

»Du hast gepfuscht, stimmt's?!«, frage ich ihn nach der Stunde.

Musti zuckt mit den Schultern. »Klar habisch gepfuscht, Alter. Ist Intelligenztest. Binisch intelligent, also habisch gepfuscht.«

»Ich nicht«, erkläre ich.

»Eben. Bissu blöd.«

Spike hat übrigens einen IQ von 3. Er ist also ungefähr

so schlau wie eine Milchtüte. Er zuckt nur mit den Schultern (was wegen des Gipses nicht besonders gut funktioniert) und sagt: »Wer schlau ist, stellt sich dumm. Ich habe während des Tests einfach geschlafen. Ist mir doch egal, was ich für einen IQ habe.«

Mike will uns sein Ergebnis nicht zeigen. Wir reißen ihm den Zettel aus der Hand und sind baff. Mike ist mit 128 wirklich der Schlauste von uns.

»Wieso willst du denn nicht, dass wir das sehen? Oder die anderen?«

»Weil sie mich dann für einen hyperschlauen Nerd halten, mit dem niemand etwas zu tun haben will.«

»Mach dir keine Sorgen. Man merkt dir deine Intelligenz nicht an«, beruhigt ihn Spike.

»Dann ist ja gut«, sagt Mike erleichtert.

Musti, Spike und ich lachen uns schlapp.

62.

Fest steht, dass Schule absolut überflüssig ist. Ich kann es sogar beweisen:

Mathe? Es gibt Taschenrechner und Computer!

Deutsch? Unsere Sprache stirbt bekanntlich aus, wozu also der ganze Aufwand?

Latein? Schon mal 'nen Römer getroffen? Die reden neuerdings Italienisch!

Kunst? Dafür gehe ich ins Museum, nicht in die Schule.

Erdkunde? Es gibt Google Maps!

Chemie? Ist total ungesund, das weiß jeder!

Englisch? Es gibt Google-Translator!

Geschichte? Wieso etwas lernen, was längst vorbei ist?

Religion? Glaub ich eh nicht dran!

Bio? Kaufe ich wenn überhaupt im Supermarkt!

Musik? Hab ich auf dem iPod!

Bleibt noch Sport. Aber mal ehrlich, wie viel mehr Sport könnte man treiben, wenn man nicht jeden Tag in die Schule müsste!

63.

Habe ich gesagt, dass ich keinen Mist mehr bauen will? Tja, da habe ich wohl zu viel versprochen. Man ist halt, wie man ist, und ändert sich nicht so einfach.

Am Mittwochabend bin ich mit Spike verabredet. Eigentlich wollten wir zu Louis Jamal Kingston gehen, seinem jamaikanischen Friseur, der ihm die Dreadlocks gemacht hat. Weil ich auch Dreadlocks haben möchte.

Jamal hat seinen Laden in einer alten, verschimmelten Bretterbude hinter dem Bahnhof. Sieht aus wie eine vergrößerte Hundehütte mit einem einzigen Friseurstuhl drin. Es gibt nicht mal einen Spiegel. Kein Wunder, dass er so gut wie keine Kunden hat.

Leider muss ich das Vorhaben in letzter Sekunde abblasen.

»Wieso denn?«, fragt Spike enttäuscht. Er fand auch, dass Dreadlocks super zu meinem Image als Sprayer passen würden.

»Weil meine Eltern es verboten haben. Sie haben gedroht, mir morgen eine Zwangsglatze zu verpassen, wenn ich es trotzdem tue!«

Spike grinst und sagt: »Dann habe ich eine super andere Idee.«

»Was denn?«

»Ist genauso cool wie Dreadlocks. Und deine Eltern werden es niemals merken!«

Wow, denke ich! Genau das, wonach ich gesucht habe.

64.

Eltern sind bekanntlich wie Trüffelschweine. Während die Tiere auch im größten Dreck die edlen Pilze riechen können, wissen Eltern immer ganz genau, wenn man etwas Verbotenes gemacht hat.

Trotzdem trifft es mich wie ein Schlag, als meine Eltern am Wochenende – drei Tage nach der Aktion mit Spike – vorschlagen, in ein Freizeit-Fun-Bad zu fahren. Eigentlich mag ich so was ja. Schwimmen, rutschen, meine Schwester ertränken – und danach eine große Portion Pommes. Einfach super.

(Das mit Jack Russel ist nur Spaß. Ich tauch sie nur so lange unter, bis Blasen aus ihr heraussprudeln, wie bei einem Sodaclub-Automat. Danach macht sie dasselbe mit mir.)

Diesmal will ich aber nicht ins Schwimmbad. Weil ich weiß, dass es in einer totalen Katastrophe enden wird!

Aber mein Widerstand ist zwecklos. Wir fahren trotzdem. In der Schwimmhalle liefert sich die ganze Familie ein regelrechtes Wettrennen, wer zuerst im Wasser ist.

Ich verliere, weil der Bademeister mich nicht ins Becken lassen will.

»Warum darf ich denn nicht rein?«, quengle ich.

»Weil du erst den Taucheranzug ausziehen musst«, erklärt er mir.

»Das geht aber nicht.«

»Dann gehst du auch nicht ins Wasser.«

Der Taucheranzug gehört meinem Dad und ich habe ihn heimlich mitgeschmuggelt. Das Teil war meine einzige Chance, die Katastrophe zu vermeiden. Könnte aber sein, dass das Ganze nach hinten los geht.

Inzwischen starren mich nämlich schon die meisten anderen Badegäste an. Und Aufmerksamkeit wollte ich ja eigentlich gerade vermeiden.

Mein Dad, der die Szene mit dem Bademeister beobachtet hat, kommt rüber. »Was soll das denn, Felix? Wieso hast du meinen Neopren an?«

»Weil ich im Wasser immer so friere.«

»Red keinen Unsinn und zieh das Ding aus.«

»Versprich mir, dass du nicht sauer bist.«

»Wieso sollte ich sauer sein, wenn du dich wie ein normaler Mensch benimmst?!«

Also ziehe ich den Taucheranzug aus und im nächsten Moment läuft mein Vater rot an wie eine Cocktailtomate.

»Feeeeelllllliiiiixxxxx. Wieeee koooonnnteeeest duuuu nuuuuurrrrr«, schreit er.

Dad ist sauer, weil er es entdeckt hat – mein neues Tribal-Tattoo am Arm. Nicht sehr groß, aber unübersehbar. Ich war wegen der

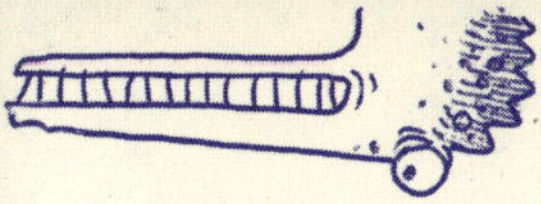

Dreadlock-Sache eben sauer. Und als Spike mich in den Tattoo-Shop gebracht hat, habe ich halt Ja gesagt. Egal, was meine Eltern davon halten. Ist schließlich meine Haut und nicht ihre.

Dad hat immer noch Schnappatmung. »Das wird Konsequenzen haben, mein Lieber.«

»Du hast versprochen, dass du nicht sauer bist.«

»Deine Mutter wird dich umbringen.«

»Dann kommt sie in den Knast. Und da haben sowieso alle Tattoos.«

Da fängt Dad an zu grinsen. »Eigentlich sieht es ja gut aus.«

»Lass dir doch auch eins machen. Ich gebe dir die Adresse von dem Tattoostudio«, sage ich.

»Damit deine Mutter uns beide umbringt?!«

»Geteiltes Leid ist halbes Leid…«

Wir sehen uns in die Augen.
Mein Dad lacht, ich lache.
Sauer ist er trotzdem.
Und vor meiner Mom kann
er mich auch nicht schützen.

65.

Es kommt, wie es kommen muss. Mom flippt total aus. Genau wie Dad es vorausgesagt hatte. Sie führt einen Tanz auf wie eine chinesische Zirkusakrobatin, die mit einem Dolch, einer Handgranate und einer Kanonenkugel jongliert und früher oder später alles drei auf mich schmeißen wird.

»Wie konntest du das nur tun, Felix? Ohne zu fragen!«

»Du hättest sowieso Nein gesagt.«

»Ja und das tue ich immer noch. Du hast dich für den Rest deines Lebens verschandelt!«

»Mom! Jetzt übertreib nicht. Du tust so, als hätte ich mir das Logo der Dallas Mavs auf die Stirn tätowieren lassen ... obwohl, gar keine schlechte Idee!«

Meine Mom sieht endgültig rot und droht mir, mich wahlweise zur Adoption freizugeben oder mich einer Laseroperation zu unterziehen, um das Tattoo wieder wegmachen zu lassen.

»Okay, dann nehme ich die Adoption. Vielleicht finden wir ja eine Familie in der Südsee, die mich aufnimmt. Auf Tongabonga oder so haben nämlich alle Tattoos, und zwar nicht nur am Arm, sondern auch im Gesicht,

auf dem Bauch und sogar am Hintern! Finde ich super.«

Den Rest des Tages redet meine Mom kein Wort mehr mit mir. Zuerst finde ich das besser als ihr Geschrei und dann doch nicht.

66.

Erst zwei Tage später taut meine Mom wieder auf. Sie kommt spätabends in mein Zimmer, entschuldigt sich sogar dafür, dass sie soooo wütend geworden ist.

»Trotzdem verstehe ich dich nicht, Felix. Was hast du dir bloß dabei gedacht?«, fragt sie mich in milderem Tonfall.

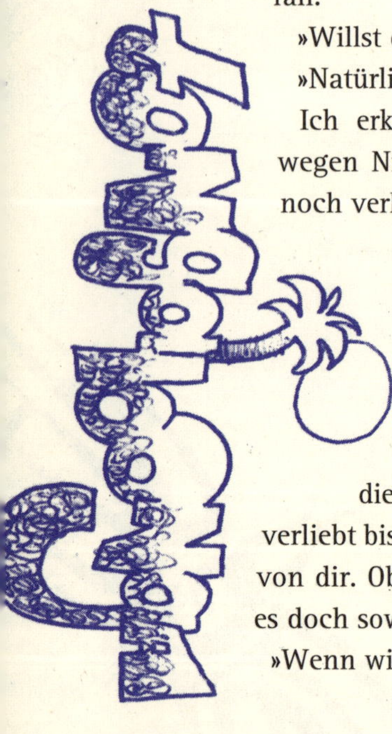

»Willst du das wirklich wissen?«

»Natürlich.«

Ich erkläre ihr, dass ich mir das Tattoo wegen Nina gemacht habe. Weil ich immer noch verliebt in sie bin, aber irgendwie nicht weiterkomme bei ihr. Und dass ich hoffe, dass Nina vielleicht beeindruckt ist, wenn sie mich mit dem Tribal am Arm sieht.

Mom sieht mich überrascht an. »Du hast das Tattoo gemacht, um dieses Mädchen zu erobern, in das du verliebt bist? Ach, Schätzchen, das ist so süüüß von dir. Obwohl, jetzt im Winter bekommt sie es doch sowieso nicht zu sehen, oder?«

»Wenn wir Sport haben schon.«

»Du solltest einfach deinen Mut zusammennehmen und Nina sagen, was du für sie empfindest.«

»Und wenn sie mich abblitzen lässt?«

»Das glaube ich nicht, Schätzchen. Ihr passt gut zusammen. Du solltest dir nur etwas Besonderes einfallen lassen, *wie* du es ihr sagst!«

»Okay«, sage ich und lasse Mom sogar das bescheuerte *Schätzchen* durchgehen.

67.

Eine Woche lang zerbreche ich mir den Kopf über Moms Vorschlag. Wie kann ich Nina zeigen, was ich für sie empfinde? Oder noch besser: Wie kann ich es ihr *auf besondere Art* zeigen? (Das Ganze beschäftigt mich so sehr, dass ich die letzten zwei Klassenarbeiten vor den Ferien versemmel.)

Dann spüre ich endlich das besondere Felix-Rohrbach-Chaoten-Super-Idee-Kribbeln in der Nase. Blitz und Doppelblitz! Ja, so könnte es klappen...

Kann nur hoffen, dass mein Schutzengel wieder aus dem Urlaub zurück ist. Denn das, was ich vorhabe, könnte auch mal wieder ganz schön nach hinten losgehen!

Aber: Wer nicht wagt, der gewinnt auch nix! Oder so ähnlich.

68.

Am nächsten Abend berufe ich eine Versammlung auf dem alten Baugrundstück ein, auf dem wir uns oft treffen. So viele wie heute waren wir dort allerdings noch nie.

Ich halte eine Ansprache: »Musti, Mike, Spike, Abdi, 23 Cousins – total nett, dass ihr alle gekommen seid. Ich brauche eure Hilfe. Es geht um Folgendes ...«

Ich erläutere den Jungs meinen Plan. Am Ende applaudieren sie mir. Ehrensache, dass sie mir helfen. Auch wenn es wieder mal eine Nachtschicht für alle bedeutet. Aber mein Mut rührt sie zu Tränen. Besonders die 23 Cousins – allesamt knallharte Typen – haben ein Herz für Lovestorys.

69.

In der nächsten Nacht ist es so weit. Um kurz nach Mitternacht versammeln wir uns vor der Schule. Jeder geht auf seinen Posten, während ich vorne stehe und Kommandos gebe. Ich fühle mich dabei wie eine Art Dirigent, nur dass mein Orchester nicht mit Instrumenten spielt, sondern mit Sprühdosen, Pinseln und Malerrollen …

Vor allem die 23 Cousins sind super. Sie legen sich richtig ins Zeug. Einer von ihnen, der auf dem Bau arbeitet, hat einen Lkw mit Hebebühne organisiert. Ein paar andere haben Leitern und Gerüstelemente rangeschafft. Und wieder andere gehen mit Kletterausrüstung zu Werke, seilen sich vom Dach aus ab und arbeiten sozusagen frei schwebend!

Trotzdem dauert es Stunden, bis wir fertig sind. Schwitz und Doppelschwitz.

Aber schließlich ist es dann so weit. Wir stehen alle gemeinsam unten auf der Straße und betrachten das Schulgebäude in seinem neuen Look.

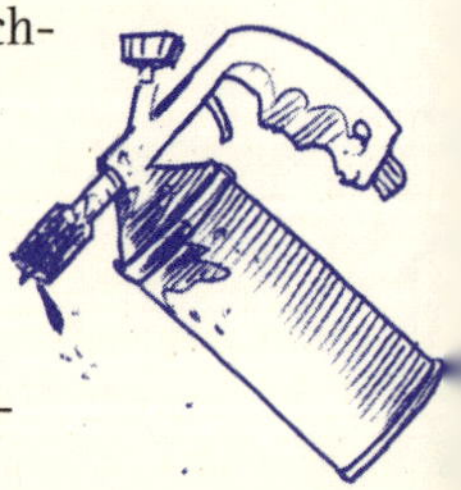

Das Graffiti reicht über zwei der vier Stockwerke und über fast die gesamte Breite des Schulgebäudes. Es ist richtig gut geworden, finde ich.

Es zeigt *Itazura Man,* wie er vor Ninuko Kawamura kniet und ihr eine Liebeserklärung macht.

Niemand kennt bisher *Itazura Man* – außer Nina. Darum wird sie als Einzige verstehen, von wem das Gemälde ist und was es zu bedeuten hat. Genial und Doppelgenial!

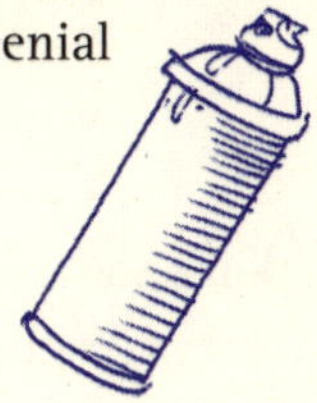

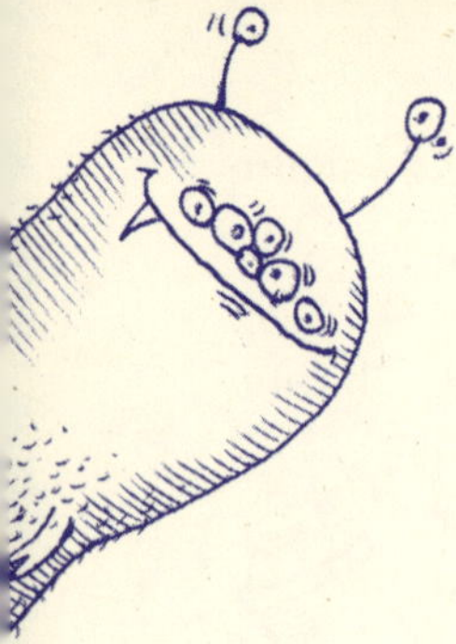

70.

Am nächsten Morgen wache ich mit einem fetten Grinsen im Gesicht auf! Ich fühle mich gut!

Heute stelle ich sogar alle meine fünf Wecker aus, noch bevor sie klingeln. Tun mir fast leid, die Dinger. An diesem Morgen sind sie arbeitslos. Ich bin viel zu aufgeregt, als dass ich heute verschlafen könnte.

Gerade stehe ich im Bad und quetsche mir den *Pickelofftheday* aus, als Jack Russel hinter mir auftaucht.

»Du steckst in Schwierigkeiten, Bruderherz«, erklärt sie mir und kann ihre Schadenfreude kaum verheimlichen.

»Eher du! Weil ich gleich die Zahnpasta nehme und dir das Gesicht damit einreibe.«

»Vergiss es, du Gurke. Mom und Dad haben mitbekommen, dass du letzte Nacht nicht zu Hause warst.«

Vermutlich denkt Jack, sie könnte mir mit dieser Hiobsbotschaft die Laune verderben. Klappt aber nicht. Ich winke lässig ab und sage: »Kein Problem. Ich sag ihnen, dass ich schlafwandeln war. Oder dass ich von Aliens entführt worden bin. Oder eine Astralreise un-

ternommen habe. Wird schon nicht so schlimm werden.«

»Gott, was ist denn mit dir los? Hast du Optimismus-Pillen geschluckt?«

»Nein, ich habe einfach nur gute Laune. Und jetzt lass mich in Ruhe, Erbsengesicht.«

Jack rollt mit den Augen und verschwindet kopfschüttelnd in ihrem Zimmer.

Meine Eltern machen dann beim Frühstück tatsächlich ein ziemliches Theater. Aber ihr ganzes Gemecker perlt an mir ab wie ein Wassertropfen am Haihaut-Badeanzug von Michael Phelps. Ich denke nur an Nina.

71.

Als ich zur Schule komme, hat sich bereits eine riesige Traube Schüler vor dem Gebäude versammelt. Alle starren auf die Fassade und kommentieren lautstark das riesige Graffiti. Als ich mich gerade dazustellen möchte, drehen sie sich plötzlich um, grinsen und sagen: »Hey, Felix. Respekt. Sieht super aus. Du hast echt großes Talent. Gut gemacht. Gratuliere.«

Schluck und Doppelschluck. Natürlich freue ich mich über die Komplimente. Obwohl ich ja eigentlich unerkannt bleiben wollte. Schließlich ist das hier exklusiv für Nina.

Da hilft nur leugnen.

»Ich war das nicht. Weiß gar nicht, wie ihr darauf kommt. Ich habe nicht ...«

Larissa von Eckstein, für die ich in die unterste Kategorie Lebewesen gehöre wie Ebola-Viren, Tausendfüßler und weiße Haie, grinst höhnisch.

»Vergiss es, Rohrbach. Leugnen ist zwecklos.«

»Ich leugne nicht. Ich war's einfach nicht.«

Sie lacht wie Tiffany Bride, die kleine Freundin von Chucky, der Mörderpuppe. Dann zeigt sie genussvoll zu der Straßenlaterne auf der gegenüberliegenden Straßenseite – das heißt, genau genommen zeigt sie auf die Über-

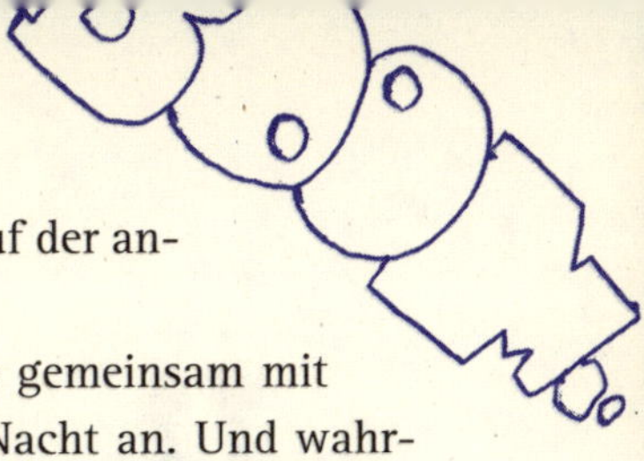

wachungskamera an der Laterne auf der anderen Straßenseite.

»Toastermanni guckt sich gerade gemeinsam mit der Polizei das Video der letzten Nacht an. Und wahrscheinlich überlegt er dabei, ob er dich nur von der Schule schmeißt oder ob er dich direkt ins Gefängnis einliefern lässt ...«

Alle versammelten Schüler starren mich gespannt an. Vermutlich erwarten sie, dass ich jetzt laut losflenne und um Gnade winsele.

Aber das tue ich nicht. Warum sollte ich auch?

Wenn ich für das Mädchen, das ich liebe, von der Schule fliege und in den Knast muss – nicht zu ändern. Dann muss Nina mich halt regelmäßig im Gefängnis besuchen. Soll dort ganz komfortable Liebeszellen geben. Und wir hätten endlich mal ein bisschen Privatsphäre.

72.

Kurz darauf sehe ich sie! Nina! Poch und Doppelpoch. Sie steht alleine auf dem Schulhof und sieht mir entgegen.

Cool bleiben, sage ich mir. Immer langsam, immer lässig. Swing und Doppelswing.

Ich gehe auf sie zu – und stocke. Sie sieht nicht fröhlich aus. Aber so gar nicht. Sie heult sogar. Große, dicke Tränen kullern über ihre Wangen. Und je näher ich komme, desto mehr kullern sie. Freudentränen? Ich weiß nicht …

»Hallo, Nina. Was ist denn los?!«

Zuerst kann sie gar nichts sagen. Dann schnieft sie, rotzt erst mal drei Tempos voll (die sie mir danach in die Hand drückt) und sagt: »Und was hast du als Nächstes vor, Felix? Fliegst du zum Mond und schreibst meinen Namen drauf? Oder lässt du vielleicht im Fernsehen Spots laufen, in denen du mir einen Antrag machst? Verteilst du Flugblätter mit einer Botschaft für mich? Hm? Was hast du noch auf Lager?!«

»Aber ich … freust du dich denn nicht? Ich habe das doch nur für dich gemacht.«

Sie schüttelt den Kopf. »Eben nicht, Felix. Du hast es für alle gemacht. Für ALLE. Und ganz besonders für dich selbst – oder etwa nicht?!«

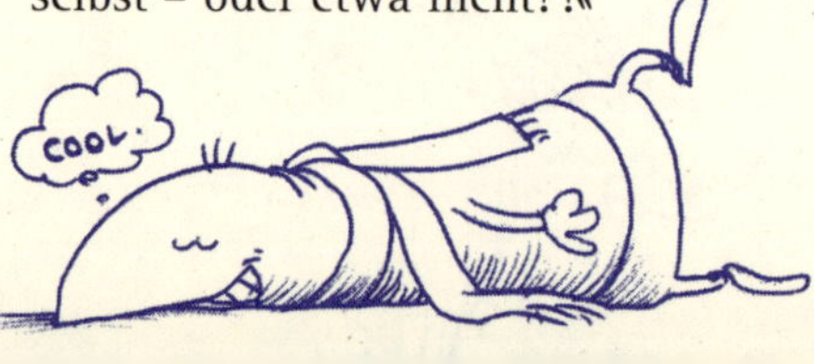

»Nein, bestimmt nicht!«

»Bist du stolz auf dich? Hoffentlich. Denn dein Ziel hast du ja erreicht. Alle reden drüber, lachen sich tot und fragen sich, wie es wohl mit dir und mir weitergeht. Und ich? Ich darf dabei zusehen, oder was? Was bin ich für dich? Jemand, der dir dabei hilft, berühmt zu werden? Felix, der große Sprayer? Felix, das Comicgenie?!«

»Aber… Nina. Ich wollte doch nur…«

»Vergiss es einfach!«

Sie dreht sich um und geht mit langsamen, traurigen Schritten davon. Ich stehe in der Mitte des Schulhofes und fühle mich so verloren, als wäre ich der einzige Bewohner auf diesem ganzen, riesigen Schulhof-Planeten.

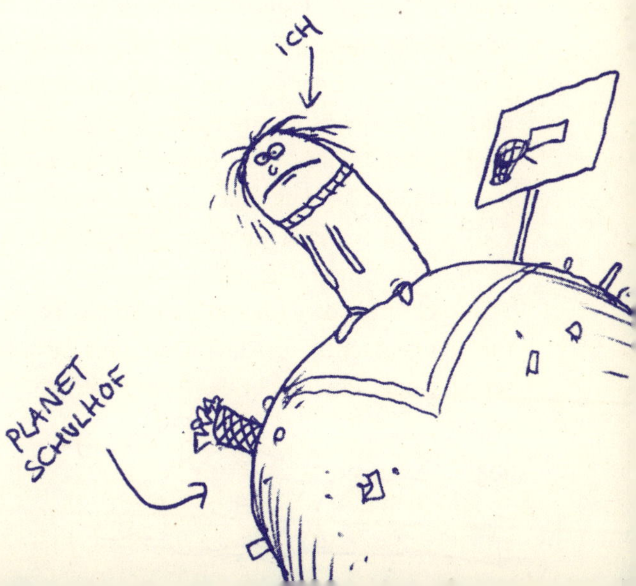

73.

Mädchen! Groooaar und Doppelgroooaar!

Wenn man einen Palast für sie baut, beschweren sie sich darüber, dass er zu viele Türmchen und Fenster hat!

Kommt man auf einem Schimmel angeritten, um sie mitzunehmen, unterstellen sie einem, dass man das Tier nicht artgerecht behandelt!

Und wenn man ein Liebesgedicht für sie verfasst, glauben sie, dass man eigentlich nur auf den Literatur-Nobelpreis scharf ist!

Kann man für sie in Liebesangelegenheiten überhaupt irgendetwas richtig machen? Sind Mädchen jemals zufrieden? Erreicht man bei ihnen überhaupt irgendwie die volle Punktzahl?

74.

Das Leben könnte so einfach sein, wenn das Leben einfach wäre. Ist es aber nicht.

Erstens habe ich es mit Nina versaut. Und zweitens stecke ich bis zum Hals in Schwierigkeiten – wegen Toastermanni und der Polizei.

Vermutlich wird sogar mein Special-Forces-Magic-Super-Schutzengel diesmal nichts mehr für mich tun können.

Es dauert genau zwei Stunden, bis das Chaos über mich hereinbricht. Ich sitze im Englischunterricht bei Mrs Ironfist, als die Tür aufgerissen wird und Frau von Tannenbrück hereinmarschiert. Eigentlich ein Wunder, dass sie nicht schon längst von den US Marines als Chef-Ausbilderin abgeworben worden ist. In einem früheren Leben war sie bestimmt mal Krokodil. Oder Würgeschlange. Ich glaube, sie heißt mit Vornamen Clementine. Dabei wäre Guillotine viel passender.

Frau von T. blickt sich suchend im Zimmer um, entdeckt mich und lächelt – das letzte schleimige Lächeln, bevor man dann gefressen wird. Man sieht, wie sich ihr Brustkorb bläht, bevor es aus ihr herausbricht, wie aus einem Vulkan: »Rohrbach! Aufstehen! Mitkommen! Der Rektor will dich sehen! Sofort! Widerstand ist zwecklos!«

Für ein paar Sekunden habe ich das Gefühl, meine Trommelfelle platzen. Soll ich einen Fluchtversuch wagen? Aber was für einen Sinn hätte das? Jeder an der Schule weiß, dass Frau von T. immer so ein Narkose-Blasrohr mit sich führt, wie es auch Zoowärter benutzen. Auf diese Art hat sie bis jetzt noch jeden fliehenden Schüler zur Strecke gebracht...

Also füge ich mich mit hängenden Schultern meinem Schicksal und schlurfe hinter ihr her in Richtung Rektorzimmer.

75.

Toastermanni heißt Toastermanni, weil er einen Toaster auf seinem Schreibtisch stehen hat. Dort röstet er sich jeden Morgen seine Frühstückstoasts. Eigentlich ist er echt in Ordnung. Er hätte mich schon tausendmal von der Schule werfen können – und jedes Mal zu Recht. Trotzdem hat er es bisher nicht getan. Weil er mich eigentlich mag.

Aber diesmal wird wohl keine Gnade möglich sein. So viel steht fest. Ich bin einfach zu weit gegangen.

Er kann gar nicht anders, als mich zu feuern.

Als ich sein Zimmer betrete, tappt Toastermanni wie ein eingesperrter Tiger vor seinem Schreibtisch hin und her und spricht dabei aufgeregt ins Telefon. Mit einem Kopfnicken gibt er mir zu verstehen, dass ich mich hinsetzen soll.

»Selbstverständlich, Herr Polizeipräsident«, höre ich ihn sagen. »Ja, der Täter wird schnellstmöglich übergeben ... hier in meinem Zimmer. Sie haben recht, das ist ein ernster Fall. Ein sehr ernster Fall. Ein sehr, sehr, sehr ernster Fall ... Ah, Sie kommen selbst vorbei? Mit einem Sonderkommando? Sehr gut, ich erwarte Sie.«

Toastermanni legt auf. Ich will gerade etwas sagen, aber er bringt mich mit einer Handbewegung zum Schweigen. Dann wählt er eine weitere Nummer und wartet.

»Schulministerium? Ja, ich warte ... ah, Herr Kruse, haben Sie die Fotos erhalten, die ich Ihnen gemailt habe ... ja, verstehe. Drei Millionen Euro Schaden? Doch, so viel ... Komplettsanierung ist nötig ... verstehe. Übel, übel. Aber nicht zu ändern. Ja, vielen Dank.«

Toastermanni legt auf. Ich will wieder etwas sagen und wieder bringt er mich mit einer Handbewegung zum Schweigen. Stattdessen werde ich Zeuge eines dritten Telefonats: »Ja, Herr Bildungsminister, eine sehr, sehr, sehr, sehr ... sehr ernste Angelegenheit. Eine Straftat von ungeheurem Ausmaß ... natürlich, das Ansehen der Schule ... der Behörde ... des ganzen Staates ... die Medien ... die Bürger ... Strafe muss sein ... gnadenlose Härte ... unerbittliche Konsequenzen ... so schnell wie möglich ... Heute noch ... Ich bin ganz Ihrer Meinung. Auf Wiederhören.«

Toastermanni legt auf und atmet so laut aus wie ein Walfisch nach einem Viertausend-Meter-Tauchgang. Dann kommt er rüber und baut sich direkt vor mir auf. Er hebt die Faust, lässt sie niedersausen – und öffnet im letzten Moment die Finger zur offenen Hand. »Na los,

Felix. Schlag ein. Ich möchte dir die Hand schütteln und mich bei dir bedanken.«

Was? Wie bitte? Habe ich jetzt schon Halluzinationen? Was hat er gerade gesagt?

»Wofür? Weil Sie so froh sind, mich jetzt endgültig loszuwerden?«, frage ich.

Toastermanni grinst fett. »Aber nein, woran denkst du!? Ich möchte mich wirklich bei dir bedanken. Weil heute ein guter Tag ist. Du hast ja bestimmt gesehen, dass heute Nacht das Schulgebäude verschandelt worden ist. Eine Sachbeschädigung in Millionenhöhe. Der Täter…«

Toastermanni macht eine Pause und sieht mich scharf an wie eine Katana-Klinge. »… ist leider unbekannt. Und ich vermute, dass wir ihn auch niemals fassen werden. Und du… du hast ja bestimmt auch nichts damit zu tun?«

»Nein?«, bringe ich mit schwacher Stimme hervor.

»Nein!«, bestätigt Toastermanni. »Aber unabhängig von der Täterfrage hat mir der Schulminister soeben zugesichert, dass er uns aus einem Sondertopf noch heute drei Millionen Euro für die ohnehin seit Langem überfällige Schulsanierung zur Verfügung stellen wird. Die Arbeiten beginnen schon heute Nachmittag. Tja, das wollte ich dir persönlich sagen. Einfach so.«

Mit zittrigem Arm gebe ich Toastermanni die Hand. Er lächelt leicht gequält, aber nicht unzufrieden. Ich will etwas sagen, aber er schüttelt den Kopf. »Kein Wort, Felix. Und jetzt geh bitte in deine Klasse und versuche, in dieser letzten Woche bis Weihnachten ein ganz normaler, braver Schüler zu sein. Meinst du, das kriegst du hin?!«

»Ich weiß nicht, Herr Gerollnick. Ich kann für nichts garantieren.«

»Felix!«

»Entschuldigung, ich wollte natürlich sagen: Ja, ich schaffe das. Ich werde normaler und braver sein als der normalste, braveste Schüler, den es je gegeben hat.«

»Gut so. Und jetzt ab mit dir.«

76.

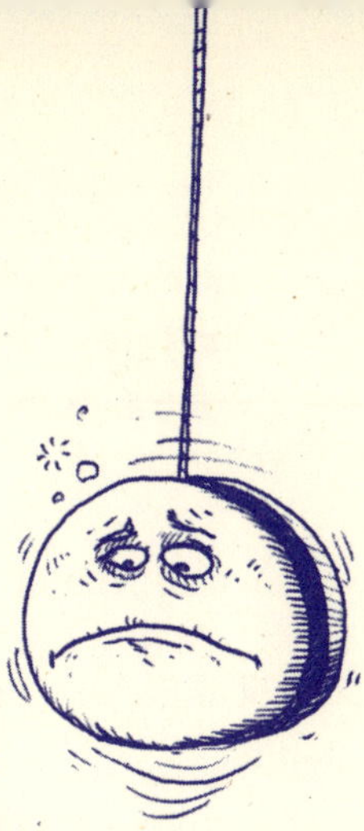

An diesem Abend fühle ich mich wie ein Jo-Jo. Meine Stimmung geht hoch und wieder runter, hoch und wieder runter.

Ich bin unendlich erleichtert, dass ich nicht von der Schule geflogen bin!

Und ich bin unendlich traurig, weil es mit Nina nicht geklappt hat.

77.

Das Schöne an Weihnachten ist, dass man Geschenke bekommt.

Das Schlimme an Weihnachten ist, dass man Geschenke für die anderen besorgen muss.

Es ist der 19. Dezember und ich habe wie jedes Jahr noch nicht ein einziges Geschenk gekauft oder gebastelt! Nicht dass ich nicht jedem gerne etwas schenken möchte – aber ich weiß einfach nicht, was!

Das heißt, doch, meistens habe ich schon ein paar Ideen. Aber darüber freuen sich die Leute irgendwie nicht.

Letztes Jahr habe ich zum Beispiel meiner Mutter eine Packung Spülmaschinentabs geschenkt. Es war nicht nur so, dass sie sich nicht gefreut hat, sie war stinksauer. Dabei waren sie sogar mit wasserlöslicher Folie.

Mein Opa Hans-Jürgen hat von mir mal ein Buch über dekorative Grabpflege bekommen. Fand er auch nicht so toll.

Für Jack Russel hatte ich letztes Jahr etwas ganz Besonderes. Einen Nissenkamm. Für den Fall, dass sie mal Läuse bekommt. Hat sie noch am Heiligabend weggeschmissen. So was von undankbar!

Und meinem Vater habe ich eine gro-

ße Packung Zigarren gekauft und auf ein Kärtchen geschrieben*: Falls du mal wieder heimlich in der Garage rauchen möchtest*. Leider fiel die Karte meiner Mom in die Hände (die nichts von Dads heimlichen Rauchaktionen wusste). Es war kein schönes Weihnachtsfest.

Diesmal will ich es besser machen. Nur habe ich wieder keine richtig gute Idee für passende Geschenke.

Mit einer Ausnahme. Nina.

Ihr schenke ich einfach: mich selbst. Genial, oder? Ein Geschenk kann sie schließlich nicht einfach ablehnen. Und zurückgeben wäre auch sehr unhöflich.

Wenn sie mich dann fragt, was ich im Gegenzug von ihr haben möchte, würde ich sagen: »Etwas Selbstgemachtes. Einen Kuss zum Beispiel.«

78.

Am nächsten Tag ist das Schulgebäude von Kopf bis Fuß eingerüstet. Von meinem Masterpiece-Graffiti ist nichts mehr zu sehen.

Ich bin immer noch froh, dass ich mit heiler Haut davongekommen bin.

Musti, Spike & Mike geht es genauso – schließlich waren sie in der Nacht auch dabei.

In der Pause stehen wir zusammen und quatschen noch mal alles durch. Ziemlich schnell landen wir allerdings bei der Sache mit Nina.

»Was machssu wegen die Chica, Alter?«, will Musti wissen.

»Keine Ahnung. Sie vergessen?«, antworte ich.

Spike sieht mich überrascht an. »Wollte sie nicht, dass du ihren Namen auf den Mond schreibst? Mann, fang lieber an, eine Rakete zu bauen!«

»Das war ironisch gemeint«, blaffe ich ihn an. Wieso eigentlich? Spikes Neuronen sind wie gesagt einfach zu lahm für Ironie.

»Wenn du mich fragst, bist du ganz schön bescheuert, Felix«, erklärt Mike.

»Wie meinst du das?«, frage ich ihn. Mike ist zwar alles andere als ein Mädchen-Experte. Aber er ist trotz-

dem derjenige mit dem höchsten IQ. Kann nicht schaden, ihm zuzuhören.

»Ich meine, Nina hat doch recht. Du malst für sie die Schule neu an – aber viel mehr machst du eben nicht.«

»Wieso? Was denn?«

»Na, zum Beispiel ihr sagen, dass du sie magst. Oder dass du gerne Zeit mit ihr verbringst. Oder dass sie süß ist. Oder dass du sie gerne mal zu dir einladen würdest. So ganz normale Sachen halt.«

Ich sehe Mike überrascht an. Leider hat er recht. Nina hat mir nämlich schon eine Menge netter Dinge gesagt. Und sie hat mich eingeladen. Auch wenn unser Date nicht gerade optimal verlaufen ist. Ich dagegen – Fehlanzeige.

Pling und Doppelpling! Höchste Zeit, das zu ändern.

79.

Das Leben könnte nicht nur einfach sein. Das Leben ist einfach! Ich habe Nina gefragt, ob sie mich zu Hause besuchen möchte – und sie hat Ja gesagt!

Unglaublich. Ich nehme alle blöden Kommentare, die ich über Mädchen gemacht habe, zurück.

Mädchen sind toll. Und Nina ist die Tollste von allen!

80.

Heute Abend ist es so weit. Sie kommt zu mir nach Hause. Bis es endlich halb acht ist, liege ich auf meinem Bett und stelle mir vor, wie unser Date wohl verlaufen wird. Ich denke, Nina und ich werden Musik hören, etwas trinken, uns näher kommen ... uns küssen.

Ich übe gerade mit meiner Telekom-Baskets-Tigerpuppe Zungenküsse, als meine Zimmertür aufgerissen wird.

Jack Russel sieht mich und bricht in ein hyänenartiges Gelächter aus.

»Es ist nicht das, wonach es aussieht«, verteidige ich mich.

»Nein? Du hast nicht gerade deinen blöden Tiger geküsst?«

»Was willst du?«

»Dir helfen.«

»Wobei?«

»Bei deinem Date. Es muss einfach klappen. Damit du endlich ein normaler Typ wirst.«

Verwundert sehe ich Jack Russel an. Ihr Tonfall klingt

versöhnlich. Ich winke sie heran und sie setzt sich neben mich aufs Bett. Jack und ich streiten uns zwar ständig, aber eigentlich verstehen wir uns gut. Jetzt ist es genauso. Sie redet ganz ernst mit mir und wünscht mir Glück für die Sache mit Nina. Dann schleift sie mich ins Bad und hilft mir dabei, mich zu stylen. Danach sucht sie mit mir die richtigen Klamotten aus.

Als ich am Ende in den Spiegel schaue, bin ich von mir selbst beeindruckt. Ich sehe richtig klasse aus. Wie frisch poliert.

81.

Pünktlich um halb acht klingelt es an der Tür. Ich öffne und sage nur ein einziges Wort: »Wow!«

Nina trägt einen langen Fleece-Mantel und darunter ein hautenges schwarzes Kleid. Schneeflocken tanzen um ihr Gesicht. Sie sieht umwerfend aus. Wie ein Engel.

»Du siehst so … super aus«, sage ich.

»Danke schön, Felix. Du übrigens auch! Aber willst du mich nicht reinlassen? Ich erfriere sonst.«

»Sorry, ja, natürlich, tut mir leid. Komm rein.«

Wir machen es uns in meinem Zimmer gemütlich und hören *OFWGKTA*. Für die Ahnungslosen: *Odd Future Wolf Gang Kill Them All*. Erste-Sahne-Rap vom Feinsten. Dazu schlürfen wir heißen Tee mit Zimtaroma. Es ist genau wie bei unserem ersten Date, als wir geschwänzt haben und zu Starbucks gegangen sind. Laberlaber, Quatschquatsch. Echt? Boa! Super! Ich auch! Ja! Genau! Ein Wort ergibt das nächste und wir vergessen die Zeit und alles andere.

Tja und dann ist Ninas Gesicht plötzlich so dicht vor meinem, dass ich gar nichts anderes mehr sehen kann

als sie. Obwohl, das konnte ich schon den ganzen Abend nicht.

»Ich mag dich, Felix«, sagt sie leise.

»Ich mag dich auch, Nina. Sehr sogar.«

»Echt?«

»Ja, echt. Und ich werde nie wieder Graffitis auf Wände sprühen, um dir das zu sagen...«

»Schade«, sagt sie und lacht.

Wie gut, dass ich mir vorhin die Lippen mit Sekundenkleber eingeschmiert habe. So dauert unser erster Kuss nämlich gleich zwei Stunden, und zwar ohne Unterbrechung...

Nein, keine Sorge. Bin ein Chaot, aber nicht bescheuert! Das mit dem Sekundenkleber war ein Joke.
Aber unser Kuss dauert wirklich zwei Stunden.
Weil wir einfach nicht genug davon kriegen.

Bin total verliebt! Das Leben ist schön! Wahnsinn, Hallelujah, Yuppiyeah! Hummdideldumm!

82.

Endlich ist Weihnachten! Endlich Ferien! Und alles ist gut! Ich habe eine Freundin, ich habe Weihnachtsgeschenke für alle (Nina hat mich beraten) und ich habe am letzten Schultag sogar noch eine gute Note in Englisch bekommen. Ja, in Englisch! Bei Mrs Ironfist! Weil ich der Klasse den Unterschied zwischen *Simple Past* und *Present Past Perfect* erklären konnte! (Okay, war per Bluetooth mit Musti verkabelt, der mir vorgesagt hat. Egal.)

Ums auf den Punkt zu bringen: Ich, Felix Rohrbach, fünfzehneinhalb Jahre alt, bin kein Loser-Schepper-Chaot mehr!

Damit ist es für immer vorbei. Ich bin jetzt ein ganz normaler Mensch, der ein ganz normales Leben führt.

Und vor mir liegt ein ganz normales, chaosfreies Weihnachtsfest, auf das ich mich richtig freue!

EAT THE RICH

83.

Wie jedes Jahr fahren wir am Nachmittag vor Heiligabend zu Tante Lisbeth und Onkel Kurt. Die beiden wohnen in einer riesigen Villa am Stadtrand und sind reich. Also, sie sind REICH! Mehr Kohle auf dem Konto als andere Pickel am Hintern. Ungelogen. Auf ihrem Anwesen gibt es ein eigenes Hallenbad, ein Tropengewächshaus und eine Driving Range, auf der Onkel Kurt an seinen Golfabschlägen feilt.

Leider stellt sich der Nachmittag bei ihnen als genauso nervig heraus wie immer. Onkel Kurt war früher General oder so etwas bei der Bundeswehr, weswegen ich ihn heimlich immer Colonel Kurtz nenne. Er macht wie immer blöde Anspielungen, von wegen, dass ich ein Weichei wäre und dass ich in der Armee höchstens als Hilfskoch arbeiten dürfte.

Unter dem Gewicht eines Sturmgewehrs würde ich zusammenbrechen und einen Panzer würde ich garantiert gegen die nächste Wand fahren. Er dagegen ... laberlaber.

Tante Lisbeth nervt genauso, weil sie auch dieses Jahr wieder allerlei Kommentare über meine Körpergröße (»Gott, du bist ja überhaupt nicht gewachsen, Felix!«), meinen (nicht vorhandenen) Bartwuchs und mein Intimleben macht. Na ja, dank Nina habe ich inzwischen immerhin ein Intimleben. Aber das geht sie nix an!

Nach der Begrüßung setzen wir uns in den Salon und trinken Tee, und zwar aus Tassen, die einmal Prinz Ludwig von ScheißderHirschdrauf gehört haben und ein Vermögen kosten. Hubs, da fällt mir doch glatt die Tasse hin und zerspringt in tausend Scherben. Sorry und Doppelsorry.

Die Erwachsenen beginnen ein Gespräch, das mich innerhalb weniger Sekunden in einen komatösen Tiefschlaf fallen lässt. Sie quatschen sich so fest wie ein Kaugummi auf dem Bürgersteig. Das wird hier noch Stunden dauern. Gähn und Doppelgähn! Und das an Weihnachten!

Irgendwann wird es

mir zu blöd. Ich entschuldige mich und schleiche durchs Haus auf der Suche nach Ablenkung. Grins und Doppelgrins.

Es gibt da nämlich ein kleines Problem. Es kitzelt. Ja, tief in meinem Inneren spüre ich es genau – das Felix-Chaos-Kitzeln. Dabei dachte ich doch eigentlich, das wäre vorbei damit!

Ist es aber nicht. Ich bin, wie ich bin.

Ich betrachte mir Colonel Kurtz' eindrucksvolle Sammlung historischer Dokumente und finde auf dem Vertrag von Versailles doch glatt die Unterschrift von Bart Simpson. Tante Lisbeths Käthe-Kruse-Puppen haben nach meiner Stippvisite leider alle Punk-Frisuren. Oooops. Und die Sammlung mit chinesischen Vasen – klirr und Doppelklirr!

Leider kitzelt es immer noch. Da muss noch was passieren.

Schließlich komme ich in die Garage. Colonel Kurtz besitzt als Drittwagen einen original Mercedes 190 SL von 1958. Staun und Doppelstaun! Ich muss sofort an das illegale Straßenrennen denken. Wenn Musti fahren kann, müsste ich es doch eigentlich auch können! Bist du Mann, fährst du Auto. Außerdem glaube ich nicht, dass man für Oldtimer überhaupt einen Führerschein braucht. Egal. Ich setzte mich hinters Steuer, starte den Wagen und gebe, na ja, Vollgas.

Dumm nur, dass die Garage noch zu war. Blech und Doppelblech! Ich bin zwar

jetzt mit dem Wagen im Freien, nur bricht leider hinter mir die Garage zusammen. Außerdem sind offenbar bei dem Wagen die Bremse und Lenkung kaputtgegangen. Das wird mir klar, als ich mit 80 Stundenkilometer auf das Gewächshaus und das dahinter liegende Hallenbad von Kurt und Evelyn zusteuere, ohne etwas daran ändern zu können. Schepper und Doppelschepper! Glucker und Doppelglucker! Qualm und Doppelqualm!

84.

Kurz darauf setze ich mich wieder zu meiner Familie ins Wohnzimmer und tue so, als wäre alles in bester Ordnung. Trotzdem sehen mich alle etwas irritiert an. Liegt wohl daran, dass ich blute, zerkratzt bin und mir meine Klamotten in Fetzen vom Körper hängen. Ob irgendetwas passiert wäre, wollen sie wissen. Nö, nichts passiert, sage ich. Flöt und Doppelflöt.

Kurz darauf kommt der Kammerdiener von Kurt und Lisbeth in den Salon und sagt: »Gnädiger Herr, die Garage…«

Der Gärtner folgt und sagt: »Gnädige Dame, das Gewächshaus…«

Der Poolboy folgt und erklärt: »Oh mein Gott, das Schwimmbad…«

Alle Blicke richten sich auf mich. Ich hebe in einer Geste der Unschuld die Hände und erkläre feierlich: »Was kann ich denn dafür? Ich bin, wie ich bin. Ein Superchaot!«

NACHWORT

Ich habe dieses Jahr etwas ganz Besonderes zu Weihnachten bekommen, nämlich Hausarrest bis zum Ende meines Lebens. Außerdem haben mir meine Eltern für alle Zeiten das Taschengeld gestrichen, mir Fernseh-, Playstation-, iPod- und Basketball-Verbot erteilt.

Als ich vorschlug, dass sie mir doch auch Schulverbot erteilen könnten, haben sie immerhin kurz gelacht. Beinahe wären sie drauf reingefallen.

Aber ich bin Optimist. Irgendwann werden sie auch diese Chaos-Aktion wieder vergessen haben. Und spätestens dann kann ich neue Projekte starten!

Jakob M. Leonhardt

Chaos ist das halbe Leben

Neues Jahr, neues Glück. Felix will in Zukunft endlich vernünftiger werden und weniger Chaos anrichten. Schwör und Doppelschwör! Aber was soll man machen, wenn man dazu verführt wird, nachts ein Bad in einem Haifischbecken zu nehmen? Nina findet den Einbruch in den Zoo jedenfalls gar nicht witzig. Stöhn und Doppelstöhn! Stress mit seiner Freundin hat Felix jetzt nicht auch noch gebraucht.

160 Seiten • Arena Taschenbuch
ISBN 978-3-401-50552-7
www.jakob-leonhardt.de

Erst der Spaß, dann das Vergnügen

Jetzt wird es richtig ernst. Nachdem Felix bei einer Party das Haus seines Mitschülers Jun Yakitori fast zum Einsturz gebracht hat, lädt dessen Vater ihn zu einer Reise nach Japan ein. Dort soll Felix endlich mal lernen, wie man sich richtig benimmt. Wider Erwarten haben Felix und Musti auf ihrem Trip ins coole Tokio jede Menge Spaß. Doch dann verliebt sich Felix in das Loser-Girl Luisa! Wie konnte das bloß passieren?

176 Seiten • Arena Taschenbuch
ISBN 978-3-401-50553-4
www.arena-verlag.de

Arena

Jakob M. Leonhardt

Henry Vegas

Auf Klassenfahrt durch die Galaxie

Auf Terra VII ist alles total normal und stinklangweilig: Die Eltern nerven, die Schulgang macht einem das Leben schwer und morgen geht es auf Klassenfahrt quer durch die Galaxie ... Moment, doch nicht alles so normal! Erst recht nicht, als Henry und Babbel im Frachtraum von PEGASUS-Spaceline eine merkwürdige Entdeckung machen und sich kurz darauf auf einem Wüstenplaneten wiederfinden ...

Gefangen auf dem Spaßplaneten

Puh! Gerade so sind Henry und Babbel den Spacepiraten entkommen. Zum Glück konnten die beiden Freunde Prinzessin Thalia befreien. Doch schnell sind ihnen die Feinde wieder auf den Fersen. Auf dem größten Freizeit-Planeten der Galaxie finden sie heraus, dass nicht nur die Piraten, sondern auch die Leute des Pegasus-Konzerns auf der Suche nach Thalias Vater, dem Sternenkönig, sind. Sie müssen den König finden – so schnell wie möglich!

Arena

144 Seiten • Gebunden
ISBN 978-3-401-60035-2
Beide Bände als Hörbücher
bei Audiolino

160 Seiten • Gebunden
ISBN 978-3-401-60036-9
www.arena-verlag.de

Christian Gailus

Ghostfighter & Co.

Das Geheimnis von Gorrum

Anton, Benno und Charlie sind die Ghostfighter! Gerade haben sie ihr neues Hauptquartier SpukNix-Castle bezogen, als der erste Auftrag ruft: Ein Gestaltwandler verwüstet die Wohnung der alten Frau Kraft. Schnell wird klar, dass der Geist nach etwas ganz Bestimmtem sucht. Als Agatha Kraft den Jungs vom sagenumwobenen Gorrum erzählt, in dem rastlose Seelen wohnen, erkennen die Ghostfighter den Zusammenhang ...

Besuch aus dem Jenseits

Großalarm in der Hamburger City! Irgendwelche Verrückten nehmen gerade den Hauptbahnhof auseinander, eine Gruppe Pandabären spielt auf dem Rathausplatz Fussball und in der Geisterbahn sind die Geister los! Die Polizei kann sich das Chaos nicht erklären, doch den Ghostfightern ist sofort klar, wer dahinter steckt. Eine Horde Poltergeister ist unerlaubt in der Stadt gelandet und das Chaos ist ein einziges Täuschungsmanöver ...

Arena

208 Seiten • Gebunden
ISBN 978-3-401-60069-7
Beide Bände auch
als E-Books erhältlich

192 Seiten • Gebunden
ISBN 978-3-401-60073-4
www.ghostfighter-und-co.de
www.arena-verlag.de

C. Alexander London

978-3-401-50540-4

978-3-401-50541-1

978-3-401-50542-8

978-3-401-50543-5

Arena

Jeder Band:
Arena-Taschenbuch
www.arena-verlag.de

Jamie Thomson

Dark Lord

Auch als E-Book erhältlich

978-3-401-50641-8

…Da gibt's nichts zu lachen!

Geht's noch schlimmer? Dark Lord, der größte Weltenzerstörer des Universums – von seinem Widersacher verbannt auf den kleinen blauen Planeten namens Erde. Und das im erbärmlichen Körper eines Elfjährigen, den alle Dirk Lloyd nennen! Keine Frage: Der dunkle Lord muss schleunigst zurück in sein fernes Reich.

Auch als E-Book erhältlich

978-3-401-50780-4

…Immer auf die Kleinen!!

Bei den neun Höllen der Verdammnis! Nicht Dark Lord ist zurück in sein heimisches Reich der Finsternis transportiert worden – sondern seine irdische Freundin Suus! Kaum gelandet, übernimmt Suus auf dem Heimatplaneten des Dunklen Lords als »Königin der Nacht« die Herrschaft …

978-3-401-06773-5

…Ich kann auch anders!

Nie hat man seine Ruhe! Nicht nur Dark Lord, Suus und Christopher sind wieder auf der Erde gelandet, auch den Dämon Gargon und den Edlen Ritter Rufino hat es hierher verschlagen. Und das Schlimmste: Dark Lords größter Widersacher, der Weiße Zauberer Hasdruban, ist ebenfalls aufgetaucht – ausgerechnet in Person des Schulleiters!

Arena

Auch als Hörbücher bei
DER HÖRVERLAG

www.arena-verlag.de